AF176120

Uwe Goeritz

Ein Winterurlaub der Sinne

Bibliografische Information der Deutschen Nationalbibliothek:

Die Deutsche Nationalbibliothek verzeichnet diese Publikation in der Deutschen National-bibliografie; detaillierte bibliografische Daten sind im Internet über http://dnb.dnb.de abruf-bar.

© 2021 Uwe Goeritz

Coverbild: Victoria Borodinova auf Pixabay

Covergestaltung: Uwe Goeritz

Herstellung und Verlag: BoD – Books on Demand, Norderstedt

ISBN: 978-3-7543-7451-1

Inhaltsverzeichnis

Anmerkungen und Warnungen

$\mathcal{D}$iese Erzählung enthält detaillierte Schilderungen von Sex und sollte daher Jugendlichen nicht zugänglich gemacht werden.

Ausnahmslos alle Beteiligten dieser Geschichte sind erwachsen und über 21 Jahre alt.

Sämtliche Orte, Figuren, Firmen und Ereignisse dieser Erzählung sind frei erfunden. Jede Ähnlichkeit mit echten Personen, ob lebend oder tot, ist rein zufällig und vom Autor nicht beabsichtigt.

1. Kapitel

Ein unverhoffter Anruf

*E*s schien gerade wieder Morgen zu werden. Anna gähnte und hob ihren Blick zum Fenster, das sich momentan ins leichte Rosa des Sonnenaufganges einfärbte. Samstag war es und damit eigentlich Wochenende, doch die gab es für Anna schon lange nicht mehr.

Sie lag auf dem Sofa, auf dem Bauch, hatte die Beine angezogen und wälzte ein dickes Buch mit medizinischen Fachbegriffen. Ein gutes Dutzend anderer Bücher lagen aufgeschlagen rund um sie herum und unzählige Blätter mit handschriftlichen Notizen waren im ganzen Raum verteilt.

Anna war Studentin der Medizin im dritten Studienjahr und die Beste ihres ganzen Jahrganges, wie der Dekan erst vor ein paar Tagen vor dem versammelten Auditorium verkündet hatte. Und damit das so blieb, lernte sie fleißig.

Wie schon so oft war sie auch in dieser Nacht nicht in den Schlaf gekommen. Den würde sie irgendwann nachholen, wenn das Studium abgeschlossen war. In einigen Jahren!

Sie schob das Buch zur Seite, rieb sich die Augen und sah sich um. Hier lebte sie in diesen paar Räume mit ihrer Freundin Susi in einer Art von Wohngemeinschaft. Zwar hätte der Vater ihr sicher gern die ganze Miete bezahlt, aber so sah sie wenigstens mal einen anderen Menschen, der nichts mit Medizin zu tun hatte.

Susi war Verkäuferin in einer Modeboutique und sorgte dafür, dass Anna gelegentlich mal neue Kleidung erhielt, denn außer für den Weg zur Universität verließ sie eher selten das Haus.

Pizza- und Lieferdienste hielten sie am Leben und Susi sorgte dafür, dass sie eben nicht in Sack und Asche zur Uni musste.

Aus dem Zimmer der Mitbewohnerin war deutlich zu hören, dass auch Susi nicht geschlafen hatte. Das Klopfen an der Wand, das Schnaufen, Schreien und Stöhnen zeigte Anna, dass Susi mit ihrem Freund nach dem Tanzen am Abend auch jetzt am Morgen noch körperlich aktiv war.

Ihr eigenes Liebesleben konnte Anna da getrost vergessen. Mit dem Beginn des Studiums hatte sie sich nur noch ums Lernen gekümmert.

Das Schreien verstummte.

Kurz darauf kam Susis Freund nackt aus deren Zimmer und ging an ihr vorbei zur Dusche hinüber.

„Er ist ziemlich gut bestückt!", dachte sich Anna und schaute zu dem Lehrbuch der Anatomie hinüber, das auch gerade noch auf dieser Seite aufgeschlagen war.

Es dauerte keine Minute, da erschien Susi, ebenfalls nackt, gab ihr einen Kuss auf die Wange und schlenderte fröhlich pfeifend ebenfalls zum Badezimmer hinüber. Die Dusche war schon zu hören und nur ein paar Augenblicke später übertönte Susi das Geräusch der Brause mit ihrem lauten Stöhnen.

Die Freundin würde den Mann doch hoffentlich nicht überfordern, denn sonst würde das hier eventuell noch ein medizinischer Notfall werden.

Anna warf einen Blick in das andere Buch. Zutreffenderweise war da chronische Erschöpfung gerade aufgeschlagen und im Moment fühlte sich auch Anna abgekämpft.

Ein starker Kaffee musste her!

Gähnend erhob sie sich vom Sofa, stieg über ihre Notizen und versuchte dabei die Reihenfolge und Ordnung der Zettel nicht zu verändern, denn das musste alles noch bis Montag zu einem Referat verarbeitet werden.

Sie schlurfte in die Küche und suchte nach der Kaffeedose, doch darin war nicht mehr viel Pulver und am nächsten Tag war Sonntag. Susi würde sicher erst am Abend das Haus wieder verlassen. Sollte sie selbst in den Laden gehen?

Eventuell würde das notwendig, aber zuerst stellte sie die Maschine an.

Gerade als der Kaffee fertig war, kam Susi aus dem Badezimmer und schnappte ihr die erste Tasse vor der Nase weg.

Nun beeilte sich Anna bei der nächsten, denn wenn jetzt auch noch Susis Freund erschien, dann würde sie leer ausgehen.

„Heiße Nacht gehabt?", fragte Susi mit Blick auf die Bücher rund um die Couch.

„Anatomie!", entgegnete Anna.

„Sind da auch Bilder von heißen Typen drin?", fragte Susi und nippte an der Tasse.

„Nicht von so heißen!", entgegnete Anna und zeigte auf den Flur.

Susis Freund ging gerade in deren Zimmer hinüber. Immer noch nackt.

„Falls du da gelegentlich Anschauungsmaterial brauchst, kann ich dir meinen Freund mal ausleihen. Aber nur anschauen, nicht anfassen!", sagte Susi. Lachend warf sie das Handtuch zur Seite und folgte dem Mann mit der Tasse in der Hand.

Das kurz darauf folgende Geräusch sagte Anna, dass sie wohl nach unten gehen musste, um den Kaffee nachzukaufen.

Zum Glück gab es den in dem kleinen Café an der Ecke zum Mitnehmen.

Und sie brauchte einen zweiten, denn der erste hatte sie nicht wirklich munter gemacht.

Anna schlurfte in ihr Zimmer, wechselte vom Jogginganzug zu Jeans und T-Shirt, schnappte sich die Jacke und stieg auf der Treppe nach unten.

Für Anfang November lag schon ganz schön viel Schnee auf den Wegen. Oder war am Samstag einfach noch nicht geräumt worden?

Vorsichtig, um nicht zu stürzen, ging Anna die fünfzig Schritte bis zur Ecke, betrat das kleine Café und stellte sich an die Theke.

Eine junge Frau strahlte sie regelrecht an. Warum hatte sie so gute Laune zu dieser frühen Stunde?

„Eine Latte und ein Päckchen Kaffee zum Mitnehmen", sagte Anna.

Die junge Frau hinter der Theke strahlte noch ein bisschen mehr.

Hinter ihr, in einem anderen Zimmer, werkelte ein junger Mann und Anna vermutete, dass das Leuchten im Gesicht der jungen Frau daher kam, dass auch sie heute schon eine Latte hatte. Vermutlich so wie Susi.

Fehlte ihr etwas?

Nicht wirklich!

In ihren dreiundzwanzig Jahren hatte sie erst drei Freunde gehabt und bei keinem davon war es so besonders prickelnd gewesen. Den ersten Freund hatte sie mit sechzehn, weil es einfach sein musste.

Seit dem Beginn des Studiums war nun allerdings tote Hose, aber es fehlte ihr nicht.

Anna nahm den Kaffee und sagte: „Hab noch einen schönen Tag!"

Das Lächeln der Frau wurde noch breiter. Sie gab den Gruß zurück und Anna verließ die Bar wieder.

Der Latte Macchiato war wirklich köstlich und machte sie nun wirklich wach.

Als sie mit dem Becher in der Hand die Wohnung betrat, da klingelte ihr Telefon.

„Mama", stand im Display.

„Hallo Mama. So früh heute?", fragte Anna, denn normalerweise rief die Mutter erst abends an.

„Ja. Du höre Mal. Dein Vater und ich, wir fahren für zwei Wochen in ein exklusives Hotel in den Alpen. So mit allem Schnickschnack und Wellnessbereich. Da könntest du doch mitkommen!"

„Und mein Studium? Das kann ich doch nicht einfach so abbrechen", begann Anna zu erklären.

„Hast du nicht erst vor ein paar Tagen gesagt, dass der Dekan und sogar der Chefarzt von der Uniklinik dich in den höchsten Tönen loben? Da ist doch ein kleiner Urlaub sicher drin. Wann hattest du denn den letzten?"

„Das ist schon ewig her. Ok! Ich frage einfach mal", entgegnete Anna und dachte über die Worte der Mutter nach.

Als Kind war sie das letzte Mal in den Alpen gewesen. Das war fast fünfzehn Jahre her. Damals hatte ihr das richtigen Spaß gemacht.

Wellness in den Bergen. Warum eigentlich nicht?

2. Kapitel

Auf der Jagd!

Schnaufend zog sich Giovanni aus dem Schoß der Frau zurück. Sie räkelte sich unter ihm in den letzten Wellen des gerade erlebten Höhepunkts der Lust und er achtete sorgsam darauf, dass das Kondom da blieb, wo es hingehörte.

Giovanni gab ihr einen Kuss und wollte sich mit sanftem Druck aus ihrer Umklammerung lösen, doch sie mochte ihn nicht aus dem Bett entlassen.

Er war fünfundzwanzig und Etagenkellner in diesem Hotel in den Bergen. Bergführer und Skilehrer war er ebenfalls und für die jungen Damen, die das Hotel besuchten, tat er noch viel mehr.

„Schatz! Ich muss zur Arbeit!", sagte er, denn er konnte sich die Namen der Liebschaften sowieso nicht merken. Schatz ging da immer.

Der erweiterte Zimmerservice hatte ihm unter den Kollegen den Spitznamen Casanova eingebracht und ein bisschen stimmte das auch, denn er stammte aus derselben Stadt in Italien, in der auch der legendäre Liebhaber der Frauen geboren war.

Giovanni hatte auch Casanovas Memoiren gelesen und setzte diese bei seiner Arbeit gern um.

Jede Frau war auf die eine oder andere Art für ihn zu haben.

Er schob ihre Arme zur Seite, richtete sich auf, gab der Frau einen letzten Kuss und ging, das Kondom festhaltend, in das Bad des Hotelzimmers. Dort angekommen entsorgte er zuerst das Präservativ im Eimer, bevor er sich gründlich wusch.

Die nackte Frau betrat mit einem Schmollmund das Badezimmer, wurde mit einem erneuten Kuss belohnt und begab sich anschließend in die Duschkabine.

Einen Moment zu lange hielt sie die Tür offen. Es war wohl so eine Art von letzter Einladung, aber es war nun schon viel zu spät. Noch nicht mal für eine Dusche reichte jetzt die Zeit.

Als sie das Wasser aufdrehte, begann er seine Sachen zusammenzusuchen.

Während die Frau im Bad unter der warmen Brause stand, ging er angezogen und perfekt frisiert zur Küche hinunter, wo sich die Kellner zu Beginn der Schicht immer trafen.

Das Schmunzeln der Kollegen war wohl ziemlich eindeutig, denn er war neuerdings der Letzte.

Ein schneller Blick in den Spiegel, noch mal eilig die glänzenden und kurzen Haare gerichtet und es konnte losgehen.

Zielgerichtet suchte er sich die Bestellungen für die obersten beiden Etagen aus, denn dort wurden meist die jüngeren Frauen einquartiert.

Die älteren immer unten, da mussten sie im Notfall nicht so weit laufen, obwohl es einen guten Lift bis in die sechste Etage gab. Dort oben befand sich der Bereich der Massagen.

Hinter dem Erdgeschoss erstreckte sich der Wellnessbereich und auch dort servierte er gern, denn dadurch konnte er die Lage sondieren.

Und da die Rechnung fast immer auf das Zimmer ging, wusste er auch, wo welche Schönheit untergekommen war.

Und gerade bestellte jemand vom Pool aus einen fruchtigen Cocktail. Das war so eine typische Bestellung einer jungen Frau.

Tropische Frucht und wenig Alkohol.

Die älteren Damen verlangten meist etwas mit mehr Prozenten.

Giovanni schnappte seinem Freund Peter die Bestellung vor der Nase weg und eilte mit dem Servierbrett der zu erwartenden Schönheit entgegen.

Geschickt das Tablett balancierend erreichte er schon wenig später den Rand des Pools.

Eine junge blonde Frau hob die Hand und er ging zu ihr hinüber.

Sie war ziemlich hübsch und der knappe Bikini konnte nicht viel von ihrer Figur verbergen.

Mit Kennerblick stellte er fest, dass die Brüste nicht echt waren. Aber gut gemacht. Nicht zu groß und nicht zu klein. Sie passten optimal zu ihr.

Lächelnd hielt er ihr das Getränk hin.

Sie sagte: „Zimmer 412!"

Giovanni nickte und schrieb die Nummer auf die Rechnung. Ein letztes Lächeln und er wusste, wo er die nächste Nacht bleiben würde. Bei einer Frau, die am nächsten Tag entspannt und glücklich sein würde.

So wie jene, die gerade in ihrem spärlichen Bikini den Poolbereich betrat und bei der er in der Nacht gewesen war.

Giovanni hatte es sich zum Ziel gesetzt, jede Frau zu bekommen, die er wollte, und jeder von ihnen auch mindestens einen Höhepunkt zu verschaffen.

Die störrischen und zuerst widerspenstigen hatten es ihm dabei besonders angetan. Die weckten seinen Jagdinstinkt und eigentlich machte er es nur dafür.

Mindestens einmal im Monat wollte auch er auf seine Kosten kommen! Und genau in dem

Moment, in dem er sich zum Ausgang umdrehte, erspähte er sie!

Sein Scharfsinn erkannte sofort sein nächstes Ziel. Eine sehr schöne, kleine und rothaarige Frau betrat den Poolbereich. Ihr Blick verriet, dass sie wusste, dass sie bildhübsch war.

Schnell taxierte er sie und die andere Frau war schon vergessen. Für diesen Rotschopf würde er auch zwei oder drei Tage opfern, um sie zu bekommen und bisher hatte er sie alle rumgekriegt.

Lächeln ging er an ihr vorbei, aber sie beachtete ihn gar nicht. Das bestätigte nur seine Vermutung und reizte ihn nur noch mehr.

Giovanni holte ein Getränk, das zu ihr passen würde und eilte zurück zum Schwimmbecken.

Seine Augen suchten sie und schließlich fand er sie auf einer Liege im Ruhebereich. Er trat vor sie hin, verbeugte sich und hielt ihr das Tablett mit dem Getränk hin.

„Ich habe aber gar nichts bestellt", sagte sie mit einer melodischen Stimme.

„Zur Begrüßung. Der geht aufs Haus!", gab Giovanni mit einer neuen Verbeugung zurück.

Sie nickte und griff sich das Getränk. Galant lächelte sie und nippte an dem Glas.

Sie hatte ihn registriert und Giovanni war auf der Spur!

Die Jagd hatte begonnen!

Nun hatte er einen besonderen Gast. Wie ein VIP in einem Luxushotel wurde die Frau umsorgt und nach dem Mittag hatte er ihre Zimmernummer.

Damit musste er jetzt ein wenig auf die Bremse treten, damit seine Absicht nicht zu offenkundig wurde. Doch wenig später meldete sie sich mit deinem Fingerschnippen. Das war zwar nicht seine Art und so wollte Giovanni eigentlich nicht gerufen werden, doch für den wunderschönen Rotschopf drückte er da mal ein Auge zu.

Sie fragte ein paar Dinge zum Hotel und zu Ausflugstipps und er gab ihr bereitwillig Auskunft. Besonders riet er ihr zum Skikurs und zu Bergwanderungen. Nicht ohne Hintergedanken, denn beides bot er mit an und gegen einen Schein würde Karola an der Rezeption ihn bei der Vergabe des Auftrages bevorzugen.

Zum Schluss fragte sie ihn noch nach dem Saunabereich, obwohl man von ihrem Platz aus das große Schild mit der Aufschrift „Sauna" deutlich sehen konnte.

Hatte sie es nun auf ihn abgesehen?

Er zeigte auf das Schild, sie erhob sich und löste schon auf dem Weg dorthin das Oberteil ihres Bikinis.

Ihr Rücken war wunderschön!

An der Tür drehte sie sich noch einmal kurz zu ihm zurück.

Auch ihre Vorderseite war ansehnlich!

Offenbar jagte sie nun ihn.

Giovanni lächelte, als er zurück zur Küche ging. Das würde Spaß machen.

3. Kapitel

Südwärts der Wagen fährt!

So schwer, wie Anna vermutet hatte, war es gar nicht gewesen, den Urlaub zu bekommen. Angesichts ihrer guten Leistungen und des besonders gelungenen Referats über Geburtshilfe gab es sogar noch einen 100-Euro-Schein vom Direktor der Uniklinik als Prämie dazu.

Und nun saß Anna in ihrem Zimmer und überlegte, was sie mitnehmen sollte. Der Koffer war offen und auch der Laptop stand aufgeklappt auf dem Tisch. Von ihrem Platz aus konnte sie das Bild des Hotels auf dem Bildschirm erkennen, aber Bilder waren meist geschönt.

Nur die Beschreibungen und Bewertungen interessierten sie daran, obwohl man da sicher auch nicht 100 % davon glauben konnte.

Am folgenden Morgen würden die Eltern mit dem Auto vorfahren und mit ihr in den Süden ab düsen.

Die Erinnerungen kamen bei Anna wieder hoch. Damals, sie war zehn oder elf gewesen, waren sie in die Alpen gefahren. Winterurlaub! Zuerst hatte sie es nicht gemocht, von allen

Freunden so weit entfernt zu sein, doch dann war es einfach nur ein Traum gewesen.

Das war der schönste Urlaub ihres Lebens und sie waren oft in die Ferien gefahren.

Susi holte sie aus dem Nachsinnen zurück, als sie mit einem klitzekleinen Stück Stoff in der Hand vor sie trat.

„Was soll das sein?", fragte Anna.

„Da gibt es einen Pool. Ich dachte, du brauchst mal einen neuen Bikini! Das ist gerade das angesagteste Teil bei den Topmodels in Amerika!", entgegnete Susi und wedelte mit dem winzigen roten Stoffstück herum.

„Das kann ich doch nie tragen!", stöhnte Anna und schaute Susis Hand hinterher.

„Probieren! Das ist exakt deine Größe!", antwortete die Freundin und warf ihr den Bikini zu.

„Bist du dir sicher?", erkundigte sich Anna unsicher und hielt sich das Kleidungsstück an. Das konnte unmöglich passen.

„Ja! Ganz sicher. Ich habe ein Auge für Konfektionsgrößen!", entgegnete Susi und zeigte zum Badezimmer.

„Na schön, wenn du meinst!", bemerkte Anna und erhob sich vom Sofa.

„Runter mit dem Jogginganzug und mach dich nackig!", sagte Susi, als sie die Badezimmertür hinter Anna geschlossen hatte.

Umständlich schälte sich Anna aus ihren geliebten Sachen. Auch die Unterwäsche landete auf dem Schränkchen und mit Susis Hilfe kam sie schließlich in den Bikini.

Sie stand vor dem Spiegel und das Kleidungsstück passte wirklich wie angegossen, ließ aber verdammt viel Haut sehen.

„Na bitte!", schloss Susi triumphierend. „Nur deine Achseln und deine Bikinizone müssen wir noch ein wenig ausrasieren!", stellte die Freundin fest.

„Meine was?", fragte Anna.

„Die Bikinizone!", erklärte Susi laut und zeigte nach unten.

Susi hatte schon Creme und Rasierer in der Hand.

„Runter mit der Hose und setz dich!", wies sie Anna an.

„Ich lass dich doch nicht mit einer scharfen Klinge an meinen Venushügel! Und auch nicht an meine Vulva! Ich bin doch nicht verrückt! Und auch die Achseln bleiben so!", versuchte Anna auszuweichen.

„Die Achseln meinetwegen, aber wann hast du dich das letzte Mal da unten rasiert?", erkundigte sich Susi lauernd.

Anna blickte an sich hinab. Zu viel ihres Schamhaares war zu beiden Seiten des kleinen roten Stoffdreieckes zu sehen. Da konnte sie die Wahrheit nicht verheimlichen. Zögerlich gab sie zu: „Noch nie!"

„Na dann! Mach endlich! Ich weiß, wie das geht! Ich mache das mindestens einmal in der Woche!", wurde Susi nun fordernder.

„Ich behalte da lieber meinen alten Badeanzug!", entgegnete Anna.

Susi ließ sich von dieser Finte aber nicht ablenken. „Ich kenne alle deine Sachen. Das alte Ding passt dir nicht mehr! Garantiert!", entgegnete die Freundin und sie traf damit genau den Punkt.

So richtig wohl war Anna nicht dabei, sich unter die Klinge von Susi zu wagen, aber es würde daran bestimmt kein Weg vorbeiführen.

„Aber mach nicht zu viele Haare ab. Ich will da unten nicht blank wie ein Kleinkind sein. Ich mag meine Löckchen dort!", erwiderte Anna und zog sich die Bikinihose langsam aus.

Sie wollte irgendwie Zeit schinden, doch Susi drückte sie ziemlich rabiat auf den Hocker, schob ihr die Beine auseinander und kniete sich vor sie hin.

Das Zischen des Schaumes ließ Anna zusammenzucken. Sie musste verrückt sein, dass sie das zuließ!

Furchtsam blickte sie auf Susi herab, die nun die Klinge ansetzte. Anna hielt die Luft an und spürte das Kratzen auf ihrer empfindlichen Haut. Mit einem Auge schielte sie zum Verbandskasten, der in der Ecke des Badezimmers stand.

Zug um Zug fielen die Haare vom Schambein und Susi war wirklich sehr vorsichtig. Anschließend wusch sie auch noch alles sauber, trocknete es ab und griff sich den kleinen Handspiegel, damit Anna das Ergebnis begutachten konnte.

„Ok!", gab sie zu.

„Nur Ok? Ich könnte da reinbeißen!", seufzte Susi.

„Unterstehe dich!", entgegnete Anna und drückte die Knie zusammen. Schnell zog sie sich ihre Unterwäsche und den Jogginganzug wieder an.

„Das war jetzt irgendwie ziemlich bizarr!", offenbarte Anna, als sie wenig später auf dem Sofa neben Susi saß.

„Wieso? Hast du wirklich gedacht, ich falle über dich her?"

„Der Verdacht kam mir kurz. So wie damals!", entgegnete Anna und musste schmunzeln.

„Erinnere mich nicht daran!", gab nun Susi ihr zurück und musste danach lachen.

„Wir waren jung, dumm und betrunken!", versuchte Anna es zu erklären.

„Ja. Unsere Einweihungsparty hier in diesen Räumen. Irgendwie sind wir dann wohl nackt im Bett gelandet!", bemerkte Susi und griff sich das Glas Wein, das vor ihr auf dem Tisch stand.

„Mit Wein hat es damals auch angefangen!", erzählte Anna.

Susi kam vor Lachen nicht zum Trinken.

Anna setzte hinzu: „Ich habe danach ein paar Wochen lang überlegt, wieder auszuziehen, aber du hattest dich ja danach im Griff."

„Und du auch! Aber es war schön! Sehr schön sogar!", erklärte Susi und sah sich zur Reisetasche um. „Hast du alles?", fragte die Freundin noch einmal.

„Ja! Warme Sachen für draußen. Bequeme Sachen für drinnen und jetzt auch was für den Pool!", bestätigte Anna.

Natürlich räumte Susi den Koffer aus und danach wieder ein!

An diesem Abend wurde es sehr spät!

Nach einer ziemlich kurzen Nacht war Anna dann im Auto auf dem Weg in den Süden.

Es war genau wie damals: Vater fährt, Mutter sitzt vorn und Anna lümmelte sich mit einem Buch auf die Rückbank.

Es war ein medizinisches Fachbuch und sie sparte sich diesmal die damaligen Fragen, wie: „Sind wir bald da?", und „Ist es noch weit?"

Dafür lernte sie auch während der Autofahrt für ihr Studium.

Die Tour würde sicher neuerdings sechs oder sieben Stunden dauern. Mit Pausen für die Toilette, Kaffee aus der Thermoskanne und Schnitten aus der Box. Alles wie früher und aus dem Autoradio dudelten sogar dieselben Schlager wie damals.

Irgendwann sagte Mutter von vorn: „Schau mal Anna! Die Berge!"

Anna lugte über den Rand des Buches und war sofort hin und weg. Sie klappte die Publikation zu, schob diese in die Tasche und genoss diesen Ausblick.

Das war noch schöner, als sie es in der Erinnerung hatte. Eine tief verschneite Winterlandschaft lag vor ihr! Einfach herrlich.

Alsdann schlängelten sie sich einen schmalen Weg entlang, fuhren durch ein idyllisches Dörfchen und danach noch einen Berg hinauf, bis sie vor einem ziemlich schmucken Hotel anhielten.

Das sah sogar noch besser aus, als es die Fotos versprochen hatten.

Der Urlaub konnte beginnen!

4. Kapitel

Luxus pur!

Staunend betrat Anna die Lobby des Hotels. „Fünf Sterne", sagte die Mutter hinter ihr und Anna stimmte da sofort zu. Prunk, Glanz und Luxus pur! Bisher hatte sie nicht gefragt, was die Eltern für dieses Hotel bezahlt hatten, aber nun zog Anna fragend die Augenbrauen hoch und wandte sich der Mutter zu.

„Frage nicht!", sagte Mutter.

Damit bestätigte sich nur Annas Verdacht, dass die zwei Wochen hier wohl nicht ganz so billig waren, wie sie bisher gedacht hatte.

Vater trat an die Rezeption und ein Page brachte die Taschen und Koffer herein.

Weiter um sich blickend folgte Anna ihrem Vater und hörte, wie er sagte: „Ein Zimmer hatten wir gebucht. Mit drei Betten!"

Anna zuckte fast zusammen. Ein Zimmer? Mit Aufbettung für sie? Wie damals, als sie zehn gewesen war? Das war doch wohl nicht sein Ernst!

„Moment mal!", brach es aus ihr heraus.

Vater drehte den Kopf zu ihr und sie blickten sich nur für eine Minute in die Augen. Schließlich seufzte er, schaute die Frau an der Rezeption an und fragte: „Kann man das irgendwie umbuchen? In zwei Zimmer? Meine Tochter will wohl ihr eigenes haben!"

„Ich hatte mir schon so etwas gedacht!", gab die Frau schmunzelnd zu und legte zwei Schlüsselkarten auf den Tresen. „215", sagte die Frau zu Vater. „512", ergänzte sie und schob die andere Karte zu ihr herüber.

Dankbar nickte Anna der Frau zu und nahm die Chipkarte an sich.

Das hätte gerade noch gefehlt! Sie zusammen mit den Eltern! In einem Schlafzimmer. So wie damals, als sie sich manche Nacht gefragt hatte, warum das Bett der Eltern nachts immer so seltsam geknarrt hatte.

Rückblickend bekam Anna alleine bei dem Gedanken daran noch rote Ohren.

Sie nahm dem Pagen ihre Tasche ab und sah sich nach dem Lift um.

Die Frau von der Rezeption zeigte nach links und Anna ging los.

Unterwegs bewunderte sie weiterhin diese Pracht. Durch eine offene Tür konnte sie den Wellnessbereich erspähen und schon alleine der war eine Wucht. Neben der Tür des Liftes lagen Hotelflyer auf einem Tisch und Anna griff sich einen davon.

Während die Eltern noch am Tresen standen, schloss sich vor Anna schon die Tür des Aufzugs.

Fünfter Stock, fast ganz oben! Aber wenigstens ein Zimmer nur für sie selbst.

Während der Aufzug unterwegs war, blätterte sie die Seiten des Flyers durch. Wenn nur die Hälfte davon möglich war, dann wären zwei Wochen nicht genug!

Fünfte Etage, die Tür glitt geräuschlos zur Seite und der Luxus setzte sich fort!

Anna suchte ihr Zimmer und probierte erst einmal eine Weile, bevor sie endlich das Summen des Schlosses vernahm und die Zimmertür sich vor ihr öffnete.

Auch hier drin war nur das Edelste vom Edlen verbaut. Staunend lief Anna durch ihr kleines Reich. Die Dusche in dem Bad verlockte sie dazu, sich erst einmal frisch zu machen. Und danach Essen und später in den Pool!

Das war der Plan.

Blitzschnell räumte sie ihre Sachen in den Schrank, legte die Kleidung ab und ging ins Bad.

Ein riesiger Spiegel reichte darin über eine ganze Wand. Das Ganzkörperbild einer nackten Anna warf er ihr zurück.

Von dort aus blickte sie sich um. Alles war vorhanden. Bademantel, Unmengen von Handtüchern, Duschgel in vier verschiedenen Sorten und ein Kiste mit allerlei Krimskrams.

Nun kam der Moment, in dem Anna herausfinden musste, wie man warmes Wasser aus der Dusche bekam.

Von außen stellte sie den Hahn an und hielt die Hand unter den Strahl. Prompt war das Wasser eiskalt! Hätte sie da jetzt drunter gestanden, dann hätte vermutlich das ganze Hotel gerade gewusst, dass sie neu im Zimmer war.

Ein Dreh am Griff machte die Brause erträglich und wenig später testete Anna die Duschgels und Shampoos durch, bis sie den richtigen Duft für sich gefunden hatte.

Das tat schon mal richtig gut und fühlte sich auch angenehm auf der Haut an.

Als sich Anna die Haare föhnte, hörte sie ein Klingeln. Das musste das Telefon sein!

In den Bademantel gehüllt betrat sie ihr Zimmer, hob den Hörer ab und hörte die Mutter fragen: „Kommst du dann Essen? Hier gibt es leckere Fischgerichte! Die liebst du doch!"

„Fisch in den Bergen?", fragte Anna vorsichtig zurück.

Mutter antwortete überschlagend: „Der Koch kommt von der Nordsee. Das soll ein richtiger Könner sein. Eine andere Frau hat in der Lobby regelrecht von seinen Kreationen geschwärmt!"

„Ok! Gib mir mal noch zehn Minuten, dann treffen wir uns unten!", entgegnete Anna und legte auf.

Schnell wurde zuerst das medizinische Wissen über Fischvergiftung, sowie die Probleme von Magen und Darm abgerufen, während sich Anna schon ihre Sachen überzog.

Pünktlich war sie wieder unten und suchte den Speisesaal.

Schließlich fand sie einen Hinweispfeil und folgte diesem.

Ein auserlesener Geruch zog sie schon nach wenigen Schritten förmlich in den Raum hinein und wenn das nur halb so gut schmeckte, wie es roch, dann würde sie in den zwei Wochen sicherlich ein paar Kilo zunehmen.

Mutter winkte ihr zu und als sich Anna setzte, sagte sie: „Ich habe dir schon den Zander bestellt!"

Anna nickte dankbar und warf dennoch einen Blick in die Karte. Da würde sie jeden Tag in der Woche ein anderes Fischgericht probieren können.

Zum Glück gab es unten einen Raum fürs Fitness und einen Pool zum Schwimmen.

Vater setzte sich zu ihnen und nun wartete Anna gespannt auf das Essen.

Das Gericht war ein Gedicht! Der Zander war zwar nicht so groß, wie sie erhofft hatte, aber er zerfiel fast auf der Gabel und hinterließ einen Wohlgeschmack auf ihrer Zunge, der sie lächeln ließ.

Eine Stunde nach dem Fisch lag Anna in ihrem neuen roten Bikini auf einer Liege am Pool und bewunderte den Ausblick auf die schneebedeckten Berge durch das gigantisch große Panoramafenster.

Ein Kellner brachte ihr einen Cocktail und fragte nach der Zimmernummer für die Rechnung.

Anna wollte die Eltern nicht auch noch mit den Getränken belasten und daher nannte sie dem Kellner ihre eigene Nummer.

Er vermerkte es auf der Rechnung und verabschiedete sich mit einer kurzen Verbeugung.

Erneut zog es ihren Blick nach draußen.

Dieser Urlaub würde sicher himmlisch werden und irgendwie hatte Anna sich diesen Aufenthalt auch verdient.

Zumindest fühlte sie das im Moment so in sich. Zufrieden nippte sie an dem köstlichen Getränk und dachte an all das, was sie hier noch tun wollte.

5. Kapitel

Am Ziel? Oder am Anfang?

Mit langsamen tiefen Stößen trieb Giovanni sich Stück für Stück weiter in den Schoß der Frau. Er hatte sich neben ihrem Kopf mit beiden Händen auf das Laken gestützt, denn so hatte er den besseren Überblick.

Er registrierte alles: Die geschlossenen Augen, den halb geöffneten Mund und die leichte Röte, die von ihrem Hals aus zu ihrer Brust lief. Giovanni bemerkte die Gänsehaut, die sich um ihre steil aufstehenden Brustwarzen herum bildete und er hört auf ihr leises Stöhnen.

Aus allem konnte er erkennen, wie weit es noch war, bis sie zum Höhepunkt kommen würde. Ihr langes rotes Haar lag wie ausgegossen auf ihrem Kissen.

Sie keuchte schneller und er passte sich ihrem Tempo sofort an. Schon drei Mal war sie in dieser Nacht unter ihm gekommen und das hier würde nun ihr letztes Mal für diese Nacht sein, denn der Wecker zeigte an, dass es schon langsam auf den Morgen zuging.

Durch den Seitenblick war er für einen Moment abgelenkt und sie kam für ihn unerwartet.

Stöhnend zuckte sie zusammen und warf sich hin und her. Von den vorhergegangenen Malen wusste er, dass er anhalten musste.

Bei ihr durfte er sich erst wieder bewegen, wenn ihre Erregung abgeflaut war.

Langsam kam sie zur Ruhe, nickte ihm zu und sagte keuchend: „Komm für mich!"

Das war nun für ihn das Zeichen, es zum Ende zu bringen.

Sehr viel schneller und härter stieß er nun in sie und spürte dabei, wie auch er dem Höhepunkt entgegeneilte.

Die Frau änderte die Position ihres Beckens und damit auch den Winkel ihrer immer noch ziemlich engen Scheide. Das reibende Gefühl wurde dadurch nur noch intensiver!

Kurz bevor es bei ihm so weit war, stoppte sie ihn und sagte: „Spritz mir alles auf die Brust und den Bauch!"

Auch diesen Wunsch erfüllte er ihr gern.

Giovanni zog sich aus ihr zurück, kniete sich zwischen ihre Schenkel und entfernte das Kondom. Drei Handbewegungen später traf der erste Schub seines Samens ihre Brust.

Dabei kam die Frau nochmals ekstatisch zum Höhepunkt und während er mit weiteren Schüben auch ihren Bauch besprengte, stöhnte und keuchte sie vor ihm.

„Das ist die beste Schönheitscreme!", erklärte sie leise, verrieb sein Sperma mit den Fingern, schob sich diese danach in den Mund und leckte sie genüsslich ab.

Schnaufend erhob sich Giovanni aus dem Bett und sah zu, wie sie langsam einschlief. Als sie einen Augenblick später zu schnarchen begann, ging er unter die Dusche.

Drei Tage hatte er gebraucht, um ihre Schale zu knacken und bis zum Abend zuvor hatte es noch nicht so ausgesehen, als ob er bei ihr zum Zuge kommen würde, doch jetzt wusste Giovanni, dass sie sich wohl gegenseitig belauert hatten.

Diese rothaarige Frau war ähnlich wie er: Sie wollte ebenfalls jagen und hatte ihren Spaß daran gehabt, ihn zappeln zu lassen. Dann hatte sie an der Rezeption angerufen und den Zimmerservice mit einer Flasche Sekt zu sich bestellt.

Eigentlich hätte er schon Feierabend gehabt und hatte es nur zufällig gehört.

Somit hatte er Peter diesen Auftrag vor der Nase weggeschnappt und war mit dem Lift und dem Servicewagen zu ihr auf das Zimmer gefahren.

Im Bademantel auf nackter Haut hatte sie ihn erwartet und den Sekt hatten sie gemeinsam genossen, nachdem sie zusammen das erste Mal gekommen waren. Nackt im Bett liegend! Sie hatte einen Teil des eiskalten Getränkes dabei auf ihre Brüste geschüttet, die sich durch die Kälte sofort zusammengezogen hatten.

All das fiel Giovanni gerade wieder ein, während er unter dem warmen Duschstrahl stand. Auch er war viermal in dieser Nacht gekommen, aber er fühlte sich noch immer fit.

Ein altes Familienrezept seiner Großmutter sorgte dafür, dass er immer genug „Tinte auf dem Füller" hatte, wie es Peter einmal so treffend ausgedrückt hatte.

Im Moment war seine Tinte gerade auf der Haut der namenlosen Schönen in dem Bett.

Kurz prüfte er diesen Gedanken nach und rieb unter der Dusche an seinem besten Stück. Sein Glied sprang sofort erneut in Position.

„Du spielst hier mit dir selbst?", fragte die Frau, die gerade in der Tür des Bades erschien. „Das kann ich nicht zulassen!", setzte sie fort, betrat die Duschkabine und kniete sich vor ihn hin.

Nun hörte Giovanni die Engelein singen.

Sie wusste, was sie wollte und war flink mit Zunge und Händen.

„Nicht nur Schönheitscreme, sondern auch noch richtig lecker!", sagte sie, als sie sich wenig später aufrichtete und sie sich küssten. „Bis heute

Abend!", sagte sie noch, als er schnaufend die Kabine verließ und sie sich nun alleine duschte.

Auch diesen Wunsch würde er ihr gern erfüllen.

Giovanni trocknete sich ab, zog seine Sachen an und fuhr mit dem Wagen nach unten. Als er diesen in die Küche schob, begann dort gerade die Tagschicht das Frühstück für die Gäste vorzubereiten.

Mit einem Kaffee blieb er an der Tür stehen und beobachtete, wie sich der Frühstücksraum langsam füllte.

In einer Stunde würde auch für ihn der Tag beginnen und er wollte nicht extra noch einmal auf sein Zimmer gehen.

Sein fachkundiger Blick glitt über die jungen Frauen, die zum Teil noch gähnend das Büfett in seiner Nähe plünderten.

Obwohl er am Abend ja schon eine Verabredung hatte, konnte es nicht schaden, schon mal für die nächsten Tage die Lage zu sondieren.

Hier und am Pool ging das besonders gut.

Mit der zweiten Tasse trat er an den Durchgang, als eine junge Frau seinen Blick auf sich zog.

Sie hatte schulterlange blonde Haare und jetzt erinnerte er sich daran, dass sie am Tage zuvor angereist war.

Er fixierte sein nächstes Ziel und las in ihren Bewegungen, was sie wohl im Bett mochte.

Ihre Handbewegungen waren selbstbewusst, aber ihr Blick zu den Köchen war unsicher. Seine Einschätzung war, dass sie nicht sehr oft Sex hatte. Er konnte damit zwar auch falsch liegen, aber die Wahrscheinlichkeit dafür war eher gering.

Damit würde es auch bei ihr schwierig, ihre Schale zu knacken.

Gedankenverloren leckte er sich über die Lippen und schätzte nun ihre Gestalt ab.

Der dicke Pullover konnte seinen Inhalt etwas verbergen, aber die ziemlich eng sitzende Jeans verriet einen knackigen und festen Hintern.

Diese Frau würde die nächste sein, die er mit seiner Aufmerksamkeit beglücken würde. Sicherlich zuerst am Pool und damit hätte er dann ihre Zimmernummer!

Das Leben konnte so herrlich sein!

Die Rothaarige erschien, nickte ihm lächelnd zu und schaufelte sich einen Berg von Rührei auf ihren Teller.

6. Kapitel

Planschen im Pool

*D*ieser Pool war einfach nur herrlich. Ewig hätte Anna darin herumschwimmen können. Es gab sogar die Möglichkeit, durch einen Ausgang aus dem Hotel hinauszuschwimmen und sich draußen in einem kleinen Außenbecken aufzuhalten.

Das Wasser hatte eine angenehme Temperatur und vor dem Hotel waren sicher minus zehn Grad.

Seit Stunden planschte Anna nun schon wie ein kleines Kind in diesem Schwimmbecken herum. Es war der erste richtige Tag des Urlaubs, denn der Anreisetag zählte ja nur halb.

In ihrem Bett hatte sie himmlisch geschlafen und das Buch, das sie zu lesen beabsichtigt hatte, das war ihr am Abend einfach aus der Hand gerutscht. Am Morgen hatte es aufgeschlagen vor ihr gelegen.

Der Titel des Kapitels war: „Der weibliche Orgasmus." Es war schön etwas darüber zu lesen, aber am liebsten hätte sie mal selber wieder einen, und zwar nicht dadurch, dass sie sich selbst streichelte.

Vielleicht war es das warme Wasser, das ihren Körper umschmeichelte und ihr diese Gedanken in den Kopf spülte.

Sich treiben lassend dachte sie zurück.

Ihre Freunde waren bisher alles ziemliche Nieten in dieser Beziehung gewesen. Ein einziges Mal war sie durch ihren zweiten Freund zum Höhepunkt gekommen und das vermutlich auch nur aus Versehen.

Bisher hatte sie es nicht vermisst, aber vielleicht ging da in diesem Urlaub etwas?

Langsam schwamm Anna nach draußen, träumte sich in die Berge hinaus und ließ sich weiterhin im warmen Wasser mit der Strömung mit treiben. In der kalten Luft zeigte sich der Wasserdampf wie ein Nebel. Das war richtig faszinierend.

Eine ganze Strecke, sicherlich zwanzig oder dreißig Meter, konnte man draußen am Hotel entlang schwimmen, bevor man dann wieder in die andere Richtung gegen den Strom zurückmusste.

Unten war es warm und oben kalt. Das fühlte sich gut an und es verbannte alle medizinischen Fragen einfach aus ihrem Kopf.

Jetzt wollte sie einfach nur Urlaub machen und am Abend konnte sie ja dann wiederum in dem Buch schmökern.

Leider würde sie darin den Orgasmus nur in der Theorie finden. Oder eben mit Handbetrieb nachhelfen müssen.

An einer flachen Stelle am Ende konnte man sich hinstellen. Nun war sie nur noch bis zur Hüfte im Wasser. Sofort zwackte sie die Kälte in die nasse Haut. Dieser Wechsel war auch sehr angenehm. Einen Schritt weiter links war sie erneut bis zum Halse im Warmen.

Anna wechselte ein paar Mal hin und her, bevor sie danach zur Halle schwamm.

Neben dem Außenbecken befand sich der Saunabereich und man konnte von draußen durch die Fenster zu den darin liegenden Männern und Frauen sehen. Da wollte sie als nächstes rein! Nach dem Essen, das sie sich gleich an den Pool bringen lassen würde.

Wenn schon Luxushotel, dann mit allen Schikanen!

Anna tauchte durch den Eingang in die Halle hinein und stieg an einer der Leitern aus dem Becken.

In einen der bereitliegenden Bademäntel gehüllt, setzte sie sich an einen Tisch, ein Kellner erschien und sie bestellte einen Salat, denn vor der Sauna wollte sie nur etwas Leichtes zu sich nehmen.

Danach vielleicht den Rotbarsch?

Demnächst!

Wenig später brachte er ihr das Essen.

Anna blickte beim Salat immer wieder in die Richtung der Saunalandschaft, um zu erfassen, welche davon die für Frauen oder die gemischte war.

Sollte sie sich in die gemischte Sauna legen? Und auf gutem Glück versuchen, darin jemanden für ein bisschen unverbindliches Flirten zu finden?

War das verzweifelt? Oder nur neugierig?

Nach dem letzten Bissen erhob sie sich, ging zur Sauna, an der draußen ein Mann und eine Frau abgebildet waren und betrat den Vorraum.

Auf einem Regal an der Seite langen große Handtücher. Anna hängte ihren Bikini daneben auf und hüllte sich in eines dieser Tücher, das ihr von der Brust bis zum Oberschenkel reichte.

Wenig später lag sie auf einem der hölzernen Lattenroste in dem Saunaraum und blickte sich aufmerksam um.

Mindestens zehn junge Frauen saßen ihr gegenüber und erzählten laut. Nur zwei Männer hockten alleine hier drin. Der eine bestimmt kurz vor der sechzig und der andere sicher noch ein paar Jahre älter.

Offensichtlich kamen vor allem ältere Paare und junge Singlefrauen in dieses Hotel.

Keine Chance für Beute! Nicht mal ansatzweise.

Damit legte sie sich zurück, schloss die Augen und genoss das Heißluftbad. Mit den Händen unter dem Kopf lag sie lang ausgestreckt auf dem Holz und das fühlte sich großartig an. Die heiße Luft trieb ihr den Schweiß aus allen Poren.

Irgendwie musste sie wohl eingeschlafen sein, denn als sie erneut die Augen öffnete, waren nur noch die beiden alten Männer anwesend.

Ihr Handtuch war vorn offen und eine ihrer Brüste schaute darunter hervor. Wie konnte den dieses Handtuch so seltsam zur Seite gleiten, wenn sie einfach nur still auf dem Lattenrost gelegen hatte?

War der Knoten nicht fest genug gewesen?

Hatte sie sich im Schlaf gedreht? Oder war es Absicht gewesen, dass es verrutscht war?

Nun, da die jungen Frauen gegangen und sie praktisch halbnackt war, fühlte sich Anna irgendwie unwohl.

Sie setzte sich auf und drehte sich zum Gehen, doch dabei glitt ihr das Tuch vollkommen vom Körper und sie saß nackt vor den beiden Männern, wobei einer der beiden wohl mit diesem Anblick nicht zurechtkam und sich stöhnend an die Brust griff.

Blitzschnell schaltete Anna von Urlauberin zu angehender Ärztin und wurde sofort souverän.

Geschwind war sie bei dem Mann und schickte den anderen nach draußen, um Helfer zu holen. Wie so oft in der Notaufnahme geübt, begann sie, den älteren Mann zu beruhigen.

Doch das half nicht, denn er sackte langsam in sich zusammen und Anna zog ihn aus der Sauna heraus.

Am Pool bettete sie den Mann in der stabilen Seitenlage, prüfte seine Vitalwerte und erst als der Notarzt eintraf und sie ihm den Patienten zur weiteren Versorgung übergeben hatte, bemerkte Anna, dass sowohl Handtuch als auch Bikini in der Sauna geblieben waren.

In der Aufregung um die Hilfe war sie die ganze Zeit nackt gewesen und dutzende Schaulustige hielten sich um sie herum auf. Auch ein paar der Kellner standen an der Seite, aber die hatten sicher nicht ihren Bemühungen für den Mann zugesehen, sondern nur ihr.

Der Notarzt lobte ihren Einsatz und im Moment war es ihr einfach nur peinlich.

Anna spürte, wie ihr das ganze Blut in den Kopf schoss. Überstürzt war sie in der Sauna, zog sich den Bikini über und kam danach mit einem Bademantel wieder heraus.

Nur langsam kam die Ruhe wieder zu ihr zurück. Einige der Frauen lobten ihren Einsatz und Anna atmete auf.

Die jungen Frauen aus der Sauna saßen alle an einem Tisch und hatten riesige Eisbecher in den Händen. Offenbar gehörten sie alle zusammen. Vielleicht eine Schulklasse auf Abschlussfahrt? Oder vor der Abiturprüfung. Wer wusste es schon?

Anna ließ sich in der Nähe nieder und bestellte nun endlich ihren Rotbarsch.

„Der geht aufs Haus!", sagte der Kellner, als er den Teller abstellte.

„Wegen der Aussicht?", fragte Anna.

„Nein! Wegen des Einsatzes für den Mann!", antwortete er.

Anna konnte ihm aber trotzdem nicht in die Augen schauen. Sicherlich hatte auch er am Rand gestanden und ihr zugesehen.

Allerdings war dieser Fisch abermals einfach nur ein Gedicht.

7. Kapitel

Die Beute im Blick

Erneut war es eine sehr erfolgreiche Nacht für Giovanni und natürlich auch für die kleine Frau mit den langen roten Haaren gewesen. Erst vor einer Stunde hatten sie sich getrennt und damit würde es Giovanni nun auch gut sein lassen.

Das nächste Ziel hatte er seit dem Tag zuvor schon fest im Blick. Am Pool hatte er ihre Zimmernummer erfahren, allerdings war er zu dem Zeitpunkt, als sie dem alten Mann mit seinem Herzproblemen geholfen hatte, gerade nicht am Schwimmbecken gewesen.

Noch Stunden später hatten die Kollegen von ihrer Figur geschwärmt.

Nun wollte er sie ebenfalls so sehen, wie Gott sie geschaffen hatte und da gab es nur einen Ausweg: Er musste sie in ihrem Bad erwischen!

Mit einem Servierwagen, auf dem Geschirr stand, wartete er vor ihrem Zimmer und hatte buchstäblich das Ohr an der Tür. Das durfte er natürlich nicht so auffällig machen, denn wenn ihn eine der anderen Frauen so verfänglich lauschend im Gang stehend vorfand, dann wäre es schwierig, sein Verhalten rational zu erklären.

Von drinnen vernahm er das Geräusch des Föhns und damit war sie bereits aus der Dusche heraus. Eigentlich hatte er damit sein Ziel schon verpasst, doch er versuchte es dennoch.

Giovanni schob die Karte in den Schlitz, das Schloss summte, die Türe glitt auf und er zog vorsichtig und leise den Wagen hinter sich her.

Der Eingang des Bades war weit offen. Die Blondine stand nackt vor dem großen Spiegel und frisierte sich gerade.

Auch ohne Bikini war sie äußerst attraktiv mit kleinen, aber festen Brüsten, den schon zuvor von ihm bemerkten straffen Hintern, wohlproportionierten Oberschenkeln und einem kleinen Bauchansatz. Und sie war wirklich eine Blondine, wie der schmale Haarstreifen auf ihrem Schambein ihm verriet. Die Frau war untenrum nicht völlig nackt, wie es die kleine Rothaarige gewesen war.

Er mochte es ja, wenn die Frauen natürlich aussahen und auch unter ihren Achseln war ein kleiner blonder Flaum zu erkennen.

Diese Frau hatte gerade zwei Pluspunkte auf seiner Jagdliste gewonnen. Nun wurde es Zeit, sie auch von vorn zu sehen.

Er klopfte an die Badtür und rief: „Zimmerservice!"

Die Frau fuhr zu ihm herum.

Für den Bruchteil eines Augenblickes taxierte er sie, bevor er sich schnell umdrehte.

„Entschuldigen sie!", rief er. Der Blick hatte gereicht. Noch zwei Pluspunkte für die Frau!

„Was machen sie hier?", fragte sie verstört.

Er antwortete ihr: „Ihre Eltern schicken mich. Sie haben gesagt, es soll ihnen nicht so gut gehen und sie könnten das Bett nicht verlassen!"

„Meine Eltern?", entgegnete sie fragend und trat vor ihn hin. Nun aber alles sauber mit einem großen Duschtuch verhüllt.

Sie roch gut! Noch ein Punkt!

„Ja! Die haben gerade an der Rezeption angerufen, weil es ihnen nicht so gut geht", log er und setzte hinzu: „Ich habe Kräutertee und etwas leichte Kost dabei! Geht es ihnen den wieder besser?"

„Mir ging es nie schlecht", antwortete sie.

Giovanni zog einen Zettel hervor und las: „Ramona, Zimmer 521!"

„Anna! Zimmer 512!", erwiderte sie ärgerlich.

„Oh! Ich bitte sie um Verzeihung! Da habe ich mich wohl im Zimmer geirrt!", entschuldigte er sich und sah von ihr zur Seite.

Vor ihrem Bett lag ein aufgeschlagenes Buch mit einer sehr eindeutigen Zeichnung. „Lesen sie hier Pornos?", fragte er sie und hob das Buch auf.

„Pornos? Das ist eine wissenschaftliche Abhandlung!", entgegnete sie und klappte das Buch zu, damit er den Einband betrachten konnte.

„Oh! Noch mal Entschuldigung. Ich habe nur das Bild gesehen und etwas von Orgasmus gelesen!", erklärte er und spielte den peinlich betretenen.

„Handbuch der Gynäkologie!", las sie ihm laut vor und setzte hinzu: „Ich studiere Medizin!"

Im Kopf hatte sie auch noch was! Sie hatte die Höchstpunktzahl erreicht und wurde damit sein bevorzugtes Ziel.

Diese Frau würde er nicht mehr von der Angel lassen, doch zuerst musste er die Situation retten.

„Dann bitte ich sie noch einmal vielmals um Verzeihung für diese Störung. Ich muss Ramona jetzt ihren Zwieback bringen!", sagte er mit einer Verbeugung.

„Ja! Tun Sie das!", entgegnete sie fast spöttisch und schob ihn aus dem Zimmer.

Damit war der erste Teil erst einmal geklärt und Giovanni fuhr mit dem Lift nach unten, wo er den Servicewagen in die Küche schob. Danach steckte er sich seinen Zwieback in die Tasche und stellte die leere Kanne zur Seite.

Zum Glück hatte Anna nicht in die Kanne sehen wollen.

Giovanni stutzte. Er hatte sich ihren Namen gemerkt! Gerade hatte er sie, wenn auch nur in Gedanken, mit dem Namen angesprochen. Nicht mit „Schatz", oder „Kleine". Das ließ ihn gerade ziemlich nachdenklich zurück.

Er brauchte einen Plan.

Die Frau, Anna, wollte Ärztin werden. Das bedeutete, dass sie ziemlich intelligent war. Da würde eine simple Konzeption, wie bei der kleinen Rothaarigen, mit Pralinen und Blumen nicht funktionieren.

Am Durchgang zum Speisesaal wartete er auf das derzeitige Objekt seiner Jagd.

Doch Anna ließ sich Zeit!

Aber auch er hatte noch Ruhe und konnte hier einfach herumlungern. Solange noch niemand am Pool war, konnte auch niemand von dort etwas bestellen und der Zimmerservice wurde dann meist auch erst später benötigt. Falls jemand länger schlafen wollte.

Giovanni lauerte auf Anna und alle anderen Frauen waren gerade Luft für ihn. Wie ein Jäger im Wald, die Büchse im Anschlag, harrte er auf sein Ziel.

Gähnend nahm er sich eine Tasse Kaffee. Die beiden Nächte mit der rothaarigen Frau schienen ihm mehr abverlangt zu haben, als er geglaubt hatte.

Erneut wanderte sein Blick über die Frauen.

Kam Anna noch zum Frühstück? Oder hatte er sie schon verschreckt?

War sie vielleicht gerade bei seiner Chefin, um sich über sein Verhalten zu beschweren?

Trotz der Abgespanntheit war er gerade wieder hellwach. Es konnte böse enden, denn schließlich war er ja hier, um „jagdbares Wild" zu finden.

Nun bettelte er fast sehnsüchtig darum, dass Anna endlich erscheinen würde.

Schnell holte er sich noch einmal die Situation in ihrem Bad vor seine Augen. Er hatte sich mehrmals entschuldigt und damit war alles gut!

Wirklich?

Allerdings hatte er dadurch nun auch wieder ihre Figur in seinem Kopf und seine Hose wurde bei diesem Gedanken gerade ziemlich eng.

Das konnte erst recht heikel werden, denn wenn eine der vielen Frauen seinen Platz hier und die sicher deutlich sichtbare Beule in seiner Hose mit sich in Verbindung brachte, dann gäbe es vielleicht gleich die nächste Beschwerde.

Er musste schnell an etwas anderes denken!

Nur an was?

Gerade füllte Anna seinen ganzen Kopf und gleichzeitig war sein Blut auf dem Weg nach unten.

Das waren denkbar schlechte Chancen für einen neuen Plan!

8. Kapitel

Wer rettet mir diesen Tag?

Anna starrte auf die geschlossene Tür. Nie im Leben hatte der Mann geklopft! Am Tage zuvor hatte sie den Anruf von Susi auf ihrem Handy sogar unter der Dusche gehört!

Ihr Blick fiel auf das Buch in ihrer Hand. „Porno?", fragte sie sich laut und warf es auf das Bett. Automatisch klappte es neuerdings auf der Seite auf. Das Bild war schon sehr speziell und die Überschrift auf der Folgeseite mit dem Orgasmus war auch noch besonders dick geschrieben, aber es war nun mal Schulungsmaterial.

Nun vergewisserte sich Anna, dass die Tür von innen verriegelt war, bevor sie erneut in das Bad ging, um ihre Haare fertig zu frisieren.

Mit dem Blick in den Spiegel holte sie sich gerade erneut in die Erinnerung, dass das ganze Hotel sie am Tage zuvor nackt gesehen hatte, wie sie sich vermutlich ziemlich tief über den am Pool liegenden Mann gebeugt hatte.

Das Blut schoss ihr abermals in den Kopf und sie sah, wie ihre Wangen förmlich glühten.

Anna legte den Föhn zur Seite, zog das Tuch fort und fragte sich laut: „Was haben die wohl gesehen?" Sie versuchte dieselben lange geübten

Handgriffe der Reanimation und der Kontrolle der Vitalfunktion im Bad vor dem Spiegel und obwohl sie das kaum für möglich gehalten hätte, wurde ihr Kopf noch viel röter.

Man konnte ALLES sehen!

Noch nie hatte sie über diese Bewegungen nachgedacht, denn in der Notaufnahme und in der Klinik war man ja selten dabei nackt!

Nun würde sie erst mal eine Weile in ihrem Zimmer bleiben, bevor sie sich nach unten begeben konnte, wo die Kellner an der Tür des Speisesaals warteten, um ihr den Kaffee zu bringen.

Alle von ihnen hatten aus fünf Metern Entfernung tief in ihre Vulva schauen können!

Wie sollte sie da einem von ihnen in die Augen sehen können und dabei ohne zu stottern einen Kaffee bestellen? Oder ein Rührei? Noch schlimmer: ein Hörnchen!

Das hatten die Männer sicher auch am Tage zuvor in der Hose gehabt!

Es war so etwas von peinlich!

Anna zog sich an und trat an das Fenster. Erneut musste sie an den Mann denken.

„Der hat doch nicht alle Latten am Zaun!", entfuhr es ihr.

Dabei war er eigentlich recht hübsch gewesen und ohne diesen plumpen Versuch, sie nackt se-

hen zu können, hätte sie ihn vielleicht im Fitnesskeller angesprochen. Aber so? Nein danke!

Was sollte sie denn dann eigentlich an diesem
Tag machen? Sauna fiel aus und der Pool auch.

Vielleicht wirklich in den Fitnesskeller und
dort etwas trainieren? Das klang gar nicht mal so
schlecht! Und mittlerweile sollten auch nicht
mehr so viele Menschen unten im Speisesaal sein.

Damit konnte sie es wagen.

Anna fuhr hinab und versuchte so cool wie
möglich zu bleiben, aber als sie am Tisch saß,
redeten und lachten die Kellner an der Seite.
Vermutlich nicht über sie, aber sie bezog es dennoch sofort auf sich.

Wo war eigentlich gerade die Medizinstuden-
tin hin, die ihr Leben im Griff hatte und für die es
nur ihr Studium gab? Hier saß eine schüchterne
Anna, die so schnell wie möglich in den Keller
verschwinden wollte. Oder im Boden versinken!

Sie schlang ihre Brötchen herunter, fuhr wieder zu ihrem Zimmer nach oben und war wenig
später in ihrem schlabbrigen Jogginganzug im
Keller.

In diesem Fitnessraum gab es nichts, was es
nicht gab. Und es gab eine Trainerin!

Die nächsten Stunden übte Anna unter deren
Anleitung alles Mögliche, bis sie den ersten
Krampf im Bein hatte.

„Da fehlt dir Magnesium!", sagte die Frau und bestellte per Telefon einen isotonischen Drink.

Die Frau kniete sich vor Anna, zog ihr die Jogginghose aus und massierte Annas Oberschenkel.

Das tat richtig gut, bis der Kellner vom Morgen ihr das Getränk brachte und Anna realisierte, dass sie unten rum nur noch den Slip mit den Herzen und den Bärchen trug.

Konnte sich jetzt nicht wirklich der Boden auftun und sie verschlucken?

Damit blieb ihr nur übrig, das Hotel zu verlassen, um draußen etwas zu unternehmen. Sie bedankte sich bei der Trainerin, zog sich die Hose wieder hoch und humpelte zum Lift.

Auf der Fahrt nach oben half das Magnesium schon und Anna konnte ohne Probleme auf ihr Zimmer gehen.

Mit dem Blick aus dem Fenster überlegte sie, was sie tun konnte.

Nach dem schweißtreibenden Training wollte sie zuerst unter die Dusche!

Diesmal verriegelte sie sowohl die Außentür, als auch die Tür des Bades.

Allerdings stellte sie kurz darauf, eingeseift unter der Dusche, fest, dass sie die Sachen im Zimmer auf dem Bett liegen hatte.

Dieser Tag konnte echt jetzt schon gelöscht werden.

Anna setzte sich unter die Dusche und heulte.

Jetzt hätte sie mit Susi über ihren Kummer reden können, aber das Handy war ebenfalls nebenan. Und die Handtücher wurden anscheinend gerade gewechselt, wie Anna feststellte, als sie den leeren Haken sah.

Es war zum Verzweifeln!

Sie stellte die Brause ab, schob das Wasser mit beiden Händen von ihrem Körper und föhnte sich danach trocken.

Das ging erstaunlich gut und vielleicht war der Tag ja doch noch zu retten!

Susi würde sagen: „Shopping hilft immer!" Aber danach war Anna gerade nicht. Und nun klingelte auch noch das Telefon. Sie hörte es durch die verschlossene Tür und durch den Lärm des Föhns hindurch!

„Nie im Leben hat der Idiot geklopft!", sauste abermals die Erkenntnis des Morgens durch ihren Kopf.

Sie war doch hier zum Wintersport, also wollte sie nun auch Wintersport machen. Vielleicht Skifahren? Man konnte sich doch sicherlich auch ein paar Bretter unten ausleihen.

Allerdings musste sie dazu zunächst erst einmal ihre Festung verlassen. Und zwar nackt!

Anna öffnete die Tür und wäre beinahe mit dem Zimmermädchen zusammengeprallt.

Die Frau gab ihr schnell einen Bademantel und alles war gut.

Anna ging zum Telefon und Mutter fragte sie, wann sie zum Mittag kommen würde.

„Später! Ich gehe jetzt Skilaufen!", antwortete Anna.

„Fein! Ich komme mit!", gab Mutter ihr am Telefon zurück.

„In einer viertel Stunde in der Lobby?", fragte Anna.

„Alles klar! Ich bestelle schon mal die Ski und den Lehrer!", antwortete Mutter.

Bevor Anna noch etwas sagen konnte, hörte sie nur noch das Freizeichen.

Als sie dann pünktlich am Tresen stand, erschien Mutter zwei Minuten später mit dem Lehrer schwatzend an der Rezeption.

Anna fiel der Unterkiefer herunter.

Der Lehrer war der Kellner vom Morgen!

Hatte sich denn die ganze Welt gegen sie verschworen? Aber der Mann erklärte ziemlich professionell und Anna versuchte die blöden Momente des Tagesbeginns zu verdrängen.

9. Kapitel

Mit Plan oder einfach so?

*E*r hatte Anna regelrecht gesucht, nachdem sie so schnell vom Frühstück verschwunden war und dann hatte er sie wieder aufgespürt.

Karola, die an der Rezeption arbeitete und mit der er befreundet war, hatte von ihm den Tipp mit der Zimmernummer bekommen und daher informierte sie zuerst ihn, wenn etwas mit Annas Zimmernummer zu tun hatte. So hatte er auch von dem Anruf der Fitnesstrainerin erfahren.

Nun stand er erneut am Tresen und unterhielt sich mit Karola. Sie waren Freunde, aber eben so, wie man als Kumpel zusammen sein konnte.

Vor drei Jahren, als er hier in dieses Hotel gekommen war, da hatten sie am Anfang ziemlich heftig miteinander geflirtet, aber im Gegensatz zu allen anderen Frauen interessierte er sich nicht dafür, was Karola drunter trug oder wie er sie ins Bett bekommen konnte.

Ab und zu tranken sie zusammen Kaffee oder auch mal ein Bier. Gelegentlich brachte Karola von ihrem Zuhause auch Kuchen mit, den sie dann gemeinsam verspeisten.

Gerade eben hatte er ihr einen starken Kaffee gemacht, denn es war mal wieder so ein stressiger Tag für sie. Sie nippte an der Tasse, als das Telefon klingelte. Giovanni wollte schon gehen, als sie den Finger hob.

Er blieb stehen und wartete auf das, was Karola ihm sagen würde.

„Ein Skilehrer für zwei Frauen. Die eine ist die Mutter von Zimmer 512!", erklärte sie ihm.

„Danke dir!", sagte er und verschwand sofort in der Kammer, in der die Ausrüstung gelagert wurde, denn wenn die Mutter Ski fahren wollte und für zwei Frauen buchte, dann konnte die zweite eigentlich nur Anna sein.

Nun brauchte er endlich einen Plan. Der Morgen war nicht so optimal gelaufen, aber er hatte das Gespräch mit ihr gebraucht, um sie einzuschätzen. Nur aus ihrer Figur und ihren Bewegungen hätte er nicht alle Informationen bekommen. Nun hatte er diese.

Sie war Studentin der Medizin. Da würde er mit plumpen Dingen nicht weit kommen. Sie hatte was im Kopf und er musste sie dort packen.

Jeder anderen Frau hätte ein Streicheln vielleicht genügt, bei Anna würde er zuerst ihren Verstand gewinnen müssen, bevor er auch nur daran denken konnte, den Saum ihres Höschens zu berühren.

Giovanni musste schmunzeln, als er sich daran erinnerte, was sie da unten in Fitnesskeller für einen Slip getragen hatte. Mit kleinen Herzen und Bärchen darauf.

Auch das war wohl für sie typisch. Die kleine Rothaarige trug nur Spitzenunterwäsche. Etwas mit Bärchen darauf würde in ihrer Nähe vermutlich zu Staub zerfallen. Oder von den Flammen ihrer Lust verbrannt werden, bevor es auch nur ihre Haut berühren konnte.

Mit geübten Griffen hatte er alles zusammen. Bei Anna konnte er nur mit Professionalität punkten. Ein laxer Spruch würde ihm nicht helfen und flirten wäre im Moment auch eher kontraproduktiv.

Von Karola zu ihm gesandt trat die ältere Frau in die Kammer und es konnte nichts schaden, sich ihr anzunähern.

Oft führte der Weg zur Tochter über das Herz der Mutter.

Giovanni passte ihr einen Skianzug an und machte ihr Komplimente. Wenn sie zwanzig Jahre jünger gewesen wäre, dann hätte man das wohl auch flirten nennen können. So blieb aber eine höfliche Distanz.

Aber ihr Lächeln war vielsagend. Mit ihr ging er zum Tresen zurück, an dem nun Anna schon wartete.

Ihr Gesichtsausdruck war genervt, als sie ihn erkannte und daher entschuldigte er sich noch ein weiteres Mal für den Morgen.

Nun passte er ihr einen Anzug an, hielt dabei aber den nötigen Abstand. Sogar noch etwas weiter, als bei ihrer Mutter.

Das schien zu helfen, denn Anna lächelte kurz. Also versank der Plan erst einmal im Hinterkopf und er würde sie einfach so betreuen, als hätte sie dasselbe Alter, wie ihre Mutter. Zwei Frauen eben, die Skifahren wollten.

„Sind sie schon mal gefahren?", fragte er, als er die Ski aus der Reihe suchte.

„Ja! Aber da war ich zehn!", gab sie zurück.

„Ok! Also werden wir wohl von vorn beginnen müssen. Ich gebe ihnen mal ein paar kürzere Ski, damit kommen sie sicher besser zurecht", erklärte er und nahm ein paar Bretter vom Rand, wo die für die Anfänger gelagert waren.

Annas Mutter entschied sich für dieselbe Größe, obwohl sie kurz zuvor noch gesagt hatte, dass sie eigentlich recht gut laufen und fahren konnte.

Damit hatte er die längsten Ski und sie drei standen wenig später auf dem kleinen Hügel hinter dem Hotel, auf dem die Kinder ihre ersten Schritte mit Ski im Schnee machten.

Zuerst musste er wissen, wie gut sie beide waren, bevor er sich mit ihnen auf den großen Hang trauen konnte.

Offenbar war es die richtige Entscheidung, denn Anna lag schon im Schnee, da waren die Bindungen noch nicht mal richtig geschlossen.

Schnell half er ihr, gab ihr ein paar Tipps und zwei Minuten später war sie unten an dem Hügel, riss die Arme hoch und jubelte.

Der siebenjährige Neffe von Karola schüttelte dabei nur mitleidig den Kopf, aber der Junge war ja auch hier aufgewachsen. Der lief fast besser Ski, als Giovanni.

Nun fuhr Annas Mutter hinab und es war offensichtlich, dass sie sich für ihre Tochter etwas zurücknahm.

Giovanni folgte ihr mit etwas Abstand und hielt unten bei den beiden Frauen. Dann zeigte er mit dem Skistock auf den Sessellift und fragte: „Wollen wir es wagen?" Die Frage zielte auf Anna, denn sowohl er, als auch ihre Mutter, waren geübte Skifahrer.

Anna blickte den Hang hinauf und sah etwas besorgt aus, aber sie nickte.

Zu dritt liefen sie zur Talstation des Liftes, dabei nahm er aber die Mutter zwischen sie und sich selbst. Diese Distanz schien zu funktionieren.

Anna lächelte jetzt viel öfter und auch auf den drei Plätzen im Sessellift saßen sie genau in dieser Form. Mit dem größten Zwischenraum zwischen ihm und Anna.

Oben angekommen sah er die Angst in ihren Augen, aber auch die Entschlossenheit, es zu tun.

Schnell gab er ihr noch ein paar Tipps.

Geduldig hörte sie zu und nickte dabei.

Das Hotel sah von hier oben ganz klein aus. Anna blickte sich noch einmal um, um die Gegend zu bewundern oder um Zeit zu gewinnen.

Dann zog sie sich die Brille vor die Augen, schaute hinunter und stieß sich ab.

Zuerst fuhr sie langsam und danach immer schneller den Berg hinab.

Giovanni war nun näher an Anna, als an deren Mutter, aber die ältere Frau hatte den Bogen raus und fuhr souverän.

10. Kapitel

Skihase im freien Flug!

*E*in bisschen weiche Knie hatte Anna schon, denn sie stand ganz oben auf dem Berg und die Menschen unten im Tal erschienen so winzig. Gerade waren sie mit dem Sessellift hier herauf gefahren und offensichtlich warteten die beiden anderen nur auf sie.

Der Skilehrer und Kellner hatte die ganze Zeit ziemlich professionelle Arbeit geleistet. Nicht eine der sich bietenden Gelegenheiten für eine Annäherung hatte er genutzt und da hatte es bisher schon einige gegeben.

Die kleine Abfahrt auf dem Idiotenhügel hatte sie mit seiner Hilfe ganz gut gemeistert, doch nun kam die zukünftige Ärztin in ihr hoch.

In ihren Gedanken beschäftigte sie sich momentan mit all dem, was da passieren konnte.

Im vergangenen Winter gab es in ihrer Heimatstadt Blitzeis und sie hatte an jenem Tag ihr Praktikum in der Notaufnahme gehabt.

Im Minutentakt waren damals die Menschen von den Rettungssanitätern in die Notaufnahme getragen worden. Bein- und Armbrüche. Kopfverletzungen und sonst noch andere Dinge und gerade sausten all diese Diagnosen erneut durch Annas Gehirn.

Sie sah die fragenden Augen der Mutter neben sich und wischte das medizinische Wissen zur Seite.

Alles würde gut gehen.

Mit immer noch zitternden Knien schob sie sich auf die Abfahrt und versuchte nicht an das Risiko auf der Abfahrt zu denken.

Der Helm würde ihren Kopf schützen und der dicke Anzug hoffentlich den Rest!

Mit zunehmender Strecke wurde Anna immer schneller.

Die Mutter überholte links und schoss in einer derartigen Geschwindigkeit in das Tal hinab, dass es Anna Himmelangst um sie wurde. Zuvor auf dem Hügel hatte Mutter also nur so getan, als ob sie keine Ahnung gehabt hätte.

Kurz warf Anna einen Blick über die Schulter, doch der Lehrer war vorbildlich nur ein paar Schritte hinter ihr.

Er fuhr nach rechts versetzt, wodurch sie ihn auch noch im Augenwinkel sehen konnte. Hätte es diesen absurden Morgen nicht gegeben, er hätte damit jetzt vielleicht gute Chancen bei ihr gehabt.

Aber so? Sich in ihr Badezimmer zu schleichen, mit solch einer absurden Geschichte.

Für einen Augenblick war sie unkonzentriert und in Gedanken, als ein anderer Skifahrer ihren Weg kreuzte und Anna abhob.

Sie wusste nicht, wieso und was geschehen war, als sie sich auch schon in der Luft befand.

Nun wäre Zeit für ein Gebet, oder für irgendwelche hilfreichen Tipps.

Blitzschnell erinnerte sie sich an das Judotraining, das sie vor ein paar Jahren mal gemacht hatte. Bis zum gelben Gürtel hatte sie es geschafft und da war das Abrollen immer ganz wichtig.

Im Reflex zog sich Anna fast zu einer Kugel zusammen und schlug unvermittelt auf dem Hang auf.

Der Schnee wäre weich gewesen, aber die Piste war stark befahren.

Der Aufprall war hart, Anna rollte ein Stück, bevor sie liegen blieb und in Gedanken jeden Knochen in ihrem Körper befragte, ob er sich noch da befand, wo er zuvor gewesen war.

Der Skilehrer kniete mit besorgtem Gesicht über ihr.

„Ist ihnen was passiert? Tut ihnen was weh?", fragte er fürsorglich.

„Mein Coccyx schmerzt!", sagte Anna nach einem kurzen Check ihrer Glieder.

„Ihr was?", fragte er mit noch besorgterem Blick.

„Mein Steißbein und mein verlängerter Rücken!", antwortete Anna und rieb sich die lädierte Stelle mit der Hand.

„Sonst nichts?"

„Nein. Alles andere ist noch dran und funktioniert völlig normal! Hoffe ich!", entgegnete Anna im Schnee sitzend und bewegte vorsichtig Arme und Beine.

Besonnen half er ihr auf und hielt sie fest, damit sie sich noch einmal überall bewegen konnte, doch nichts knackte oder tat weh.

„Alles gut. Nur mein Ski?", sagte sie und sah sich um, weil sie nur noch einen hatte.

„Die Sicherheitsbindung ist zum Glück aufgegangen!", sagte der Mann und lief zur Seite, wo der Ski im Schnee lag.

„Wollen wir weiter hinabfahren? Oder am Rande laufen?", fragte er, während er ihr den Ski hinhielt.

Noch einmal sah Anna hinab. Die Angst war nun fort. Der Hintern tat zwar noch weh, aber der Schmerz wurde schon weniger. Und bis da hinunterlaufen? Da würde sie eine Stunde oder mehr brauchen.

„Nein! Ich fahre!", erklärte sie und bückte sich, um das Brett am Skistiefel zu befestigen.

Der Mann sah immer noch besorgt aus, doch er akzeptierte ihre Entscheidung.

Anna stieß sich ab, als er seine Bretter anschnallte.

Jetzt fuhr sie allerdings etwas langsamer, denn noch einen Flug wollte sie nicht riskieren.

Somit konnte er sie geschwind einholen.

Irgendwie fühlte sie sich in seiner Nähe sicher, obwohl sie ja nur der Gedanke an ihn vor kurzem zum Fliegen gebracht hatte.

Wenn da nur dieser vermasselte Morgen im Bad nicht gewesen wäre!

Und abermals gingen ihre Gedanken auf Abwege, denn er hatte danach auch ihre schöne Bärenhose gesehen.

Anna spürte, wie ihr das Blut in den Kopf stieg. Gerade noch rechtzeitig hörte sie den Ruf „Vorsicht!" von hinten, da versuchte ein Kind von links in ihre Spur zu wechseln.

Zum Glück konnte sie noch schnell ausweichen.

Hier unten wurde es nun zunehmend voller auf der Piste und Anna zwang sich sofort, mit ihren Gedanken bei der Spur zu bleiben.

Endlich erreichte sie das untere Ende der Bahn, wo ihre Mutter schon mit einem Cappuccino an einem Tisch saß.

„Möchtest du auch einen?", fragte sie.

Anna antwortete spontan: „Lieber eine Latte!"

Da bremste der Mann neben ihr. Noch mehr Blut konnte ihr im Moment nicht mehr in den Kopf steigen. Sie wagte nicht mehr, zu ihm zu sehen und murmelte nur: „Danke!"

„Möchten sie auch eine Latte, wie meine Tochter? Oder lieber einen Cappuccino?", fragte nun Mutter und Anna war kurz davor, im Boden zu versinken.

„Danke! Ein einfacher Kaffee mit Milch. Sonst nichts!", sagte er und setzte sich ihr gegenüber auf die Bank.

„Ich will da unbedingt noch mal hoch!", sagte Mutter, nachdem sie die Bestellung aufgegeben hatte.

Nun zog es Annas Blick abermals den Hang hinauf. Wollte sie da auch noch mal hoch? Bis auf den Sturz war ja alles gut gegangen und es hatte auch Spaß gemacht, allerdings würde der Mann dann wieder mit ihnen fahren und nach all den Peinlichkeiten wäre das wohl nicht so optimal.

„Ich lieber nicht! Ich gehe dann rüber ins Hotel!", erklärte Anna.

„Tut es nach dem Sturz noch weh? Ihr Corrks, oder wie das Ding heißt?", erkundigte er sich.

„Es heißt Coccyx, aber er tut nicht mehr weh!", gab Anna zurück.

Zu allen Peinlichkeiten fehlte nun nur noch, dass er ihren Hintern sehen wollte, um sich von der Wahrheit ihrer Worte zu überzeugen.

„Dann fahren wir zwei zusammen!", erlöste Mutter sie und der Mann stimmte freudig zu.

Die Latte kam und die beiden anderen gingen wenig später zum Lift.

So in der Sonne im Schnee ließ es sich auch aushalten. Und keiner war ringsum, der von den Peinlichkeiten der letzten Stunden etwas wusste.

Es war herrlich!

11. Kapitel

Sex oder Liebe?

Irgendetwas Komisches ging in ihm vor. Giovanni fuhr die Piste hinunter und folgte damit Annas Mutter mit nur wenigen Metern Abstand. Die ältere Frau war aber so erfahren, dass er nicht so gut aufpassen musste, wie er es zuvor bei Anna getan hatte.

Er lief in seinen Gedanken und horchte in sich hinein. Da war etwas anders, als sonst.

Bei der kleinen Rothaarigen hatte er einfach nur die Lust auf die Jagd in sich gespürt. Bei Anna war das nicht dasselbe.

Als sie gestürzt war, da hatte es ihm einen Stich in sein Herz gegeben. Das war nicht das professionelle Auftreten gewesen, das er sonst hatte. Natürlich musste er auf alle Klienten aufpassen und sie davor beschützen, sich selbst oder anderen wehzutun, aber bei Anna hatte er es anders in sich gefühlt.

Es war Angst gewesen. Angst davor, dass ihr etwas passiert war. Und Erleichterung, als sie erklärt hatte, dass ihr nichts fehlte.

Bisher hatte er es nur als sein Ziel betrachtet, sie schnellstmöglich in die Kiste zu bekommen. Nun war da etwas Unnormales geschehen. Natürlich wollte er sie immer noch haben, aber nicht um jeden Preis. Oder aber auch unbedingt?

Er schwankte zwischen zwei Extremen hin und her. Und er betrachtete Anna nicht mehr als Beute, sondern als Frau!

Und gerade konnte es ihm nicht schnell genug gehen, noch einmal unten zu sein, um sie vielleicht noch dort zu sehen, wo sie kurz zuvor Kaffee getrunken hatte.

Wie mit einem straff gespannten Gummiband zog es ihn zu diesem Platz. Schon alleine der Umstand, dass er ihren Namen im Kopf behalten hatte, zeigte ihm doch, dass da etwas abweichend zu sonst war.

Nie zuvor hatte er sich die Mühe gemacht, sich einen Vornamen zu merken. Wozu auch, denn die Frauen waren ja nach spätestens zwei Wochen verschwunden. Und gerade fühlte er sich irgendwie unwohl bei dem Gedanken, dass Anna wieder fort war.

Er kam unten an und der Platz war leer! Anna war bereits ins Hotel gegangen.

Giovanni war enttäuscht und nur die Tatsache, dass er sie am Abend im Speisesaal treffen würde, die beruhigte ihn gerade.

„Wollen sie noch einen Kaffee?", fragte Annas Mutter und er stimmt zu.

Kurz darauf saß er auf dem Platz, auf dem Anna zuvor gesessen hatte. So war er ihr dennoch nah. Ihre benutzte Tasse stand sogar noch hier! Ein Gegenstand, den ihre Lippen kurz zuvor berührt hatten.

Giovanni zuckte bei dem Gedanken zurück, diese Tasse ebenfalls an den Mund zu setzen, aber zu verlockend war diese verrückte Idee gewesen.

Die ältere Frau plauderte von Gott und der Welt und er hörte einfach zu. Besonders aufmerksam wurde er bei den Erzählungen, die Anna betrafen. Dass sie sich als Kind das Knie beim Fahrradfahren aufgeschlagen hatte, dass sie Katzen gehabt hatten.

Es war eigentlich völlig belangloses Zeug und gänzlich ungeeignet dafür, die Frau schnell ins Bett zu bekommen und dennoch merkte er sich sogar den Namen von Annas erster Katze!

Gewissermaßen war es Irrsinn.

Die Größe der Körbchen und die Haarfarbe hatten ihn bisher interessiert. Und nun? Nun wusste er, dass die Katze Peterle hieß, sie gerne Unterwäsche mit Bärchen darauf trug und ziemlich eifrig bei ihrem Studium war.

Nichts davon würde sie für ihn gefügig machen. Schlimmer noch, ihre Körbchengröße

76

wusste er nicht, obwohl er sie ja am Morgen nackt gesehen hatte.

„Wollen wir?", fragte die Frau und er sah sie wohl ziemlich entgeistert an.

Natürlich wollte er zu Anna, aber das meinte die ältere Frau wohl gerade nicht. Stattdessen zeigte sie zur Talstation des Sesselliftes und er nickte.

Viel lieber wäre er jetzt zum Hotel gegangen, denn da wäre er Anna näher gewesen, aber zuerst kam der Job!

Auf dem Weg zum Lift berichtete sie von ihrem Häuschen am Stadtrand einer kleinen Stadt. Sie erzählte nicht wo, sondern schwärmte nur von den Pflanzen, Blüten und Gewächsen in ihrem Garten, die im Sommer wieder blühen würden. Von Bienen und Blumen und er war in Gedanken bei einem ähnlichen Thema. Aber einem nicht ganz jugendfreien!

Nun war Annas Mutter aber offenbar in Fahrt gekommen. In der Warteschlange vor der Station erzählte sie nun ziemlich lautstark Geschichten aus der Kindheit und Jugend ihrer Tochter.

Sicherlich wäre Anna, wäre sie jetzt gerade hier, peinlich berührt über das, was ihre Mutter da von sich gab. Und auch er selbst fühlte das irgendwie in sich.

Giovanni wollte die ihm eigentlich noch fast fremde Frau vor deren Mutter in Schutz nehmen. Doch er biss sich auf die Lippe, denn wenn er bei Anna landen wollte, dann ging das nicht, wenn die Mutter ihn ablehnte.

Daher hörte er einfach geduldig zu.

Auch auf dem Weg nach oben erzählte sie weiter, aber da waren die anderen Gäste weit genug entfernt.

Die Sonne senkte sich langsam dem Horizont entgegen und sagte ihm damit, dass dies hier die letzte Abfahrt des Tages werden würde.

Aus dem Lift ausgestiegen konnte es ihm nun nicht schnell genug gehen, wieder unten zu sein.

„Machen wir ein Rennen, wer zuerst unten ist?", fragte er die ältere Frau und sie willigte nickend in die Wettfahrt ein.

Natürlich würde er sie gewinnen lassen, aber es war selbst für einen so erfahrenen Skifahrer, wie er es war, nicht einfach, an ihr daran zu bleiben.

Die Frau war schnell und geschickt. Giovanni hatte große Mühe, ihren Vorsprung nicht zu groß werden zu lassen.

Lachend und mit dem Ruf: „Erster!", empfing sie ihn im Tal.

Er gratulierte ihr zu der halsbrecherischen Talfahrt und sie nahm das Kompliment lächelnd entgegen.

Nun führte sie ihr gemeinsamer Weg zurück zum Hotel und damit hatte die Frau Mühe, an ihm zu bleiben, denn Anna zog ihn zurück.

Schweigend, mit dem Blick zum Hotel, dachte Giovanni über sich und Anna nach. Da war etwas, was er nicht deuten konnte.

Nicht der Sex mit ihr zog ihn jetzt, sondern eine Art von Freundschaft. Konnte es eine beginnende Liebe sein?

Möglich, aber was wäre dann, wenn Anna in ein paar Tagen aus seinem Leben verschwand?

Er musste eine Art von Distanz zu ihr aufbauen, um sein Herz zu schützen.

Abstand wahren und sie dann ins Bett bekommen, denn vielleicht klärte sich alles nach dem Sex.

Alles andere würde sich anschließend fügen.

Vor dem Hotel klopften sie sich den Schnee von der Kleidung und dann suchten seine Augen Anna. Wo war sie?

12. Kapitel

Wellness für die Gefühle

---

*A*nna saß beim Frühstück und überlegte gerade, was sie am Tag unternehmen konnte. Die Eltern wollten neuerdings in den Pool, aber dazu hatte sie momentan keine Lust. Wenn man jeden Tag baden wollte, dann fuhr man doch nicht in die Berge.

Der Ausblick aus dem Fester war einfach nur märchenhaft schön und wenn sie nicht sowieso schon für die Alpen im Schnee geschwärmt hätte, dann wäre es nun vollends um sie geschehen.

Am Tage zuvor war Anna mit den Ski gefahren und sie fragte sich, ob sie es an diesem Tage wiederholen sollte. Diesmal aber ohne Skilehrer.

Oder etwas anderes von dem, was das Hotel und die Umgebung so boten?

Anna beugte sich nach vorn, um den Flyer vom Tisch zu nehmen, als sie einen Stich im unteren Rücken verspürte.

Stöhnend griff sie sich an die weh tuende Stelle und Vater war sofort bei ihr.

„Was ist?", fragte er besorgt.

„Irgendwas habe ich mir gezerrt! Vielleicht gestern bei meinem Sturz auf der Piste", erzählte sie.

Vater begann augenblicklich, ihr den Rücken zu streicheln. „Wird das besser?", fragte er nach einer Weile, aber Anna schüttelte den Kopf.

„Warte mal", sagte er und ging zur Rezeption.

Sie rieb sich weiter diese Stelle.

Nach einigen Minuten kam Vater zurück. „Du kannst in einer halben Stunde zur Massage gehen. Ist alles schon geregelt. Ich bringe dich dann hin und du lässt dich mal so richtig verwöhnen. Hier im Prospekt kannst du schon mal schauen, was du möchtest", erzählte er.

Anna lächelte dankbar und nahm den Zettel entgegen.

Sie blieb einfach dort sitzen, wo sie war und überflog dabei den Flyer. Das lenkte sie auch gleichzeitig etwas von den Rückenschmerzen ab.

„Hier kann man sich mit Milchcreme einreiben lassen", bemerkte sie auf einen der Angebotspunkte zeigend. „Milchcreme hatte ich bisher nur in der Schokolade. Vielleicht mache ich das einmal", setzte sie schmunzelnd hinzu.

Schließlich wies der Uhrzeiger an der Hotelwand sie darauf hin, dass es nun an der Zeit war und Vater half ihr fürsorglich auf.

Mit dem Fahrstuhl fuhren sie in den Massagebereich nach ganz oben, unter dem Dach des Hotels.

Als Anna dort aus dem Lift trat, öffnete sich vor ihr ein atemberaubender Ausblick, denn eine Seite des Bereiches war vollständig verglast und man konnte auch von dort die verschneiten Gipfel sehen.

Für einen Moment stand Anna, auf Vater gestützt, einfach nur dort, bis eine junge Frau auf sie zukam und sie in Empfang nahm.

„Karmen", stand auf dem Namensschild. Sie trug weiße Sachen und ihre langen schwarzen Haare reichten ihr, als Zopf geflochten, fast bis zum Hintern hinab.

Vater überließ Anna nur widerwillig den Händen der Frau, aber Anna schob ihn zurück und schließlich verabschiedete er sich.

„Karmen. Eine meiner Schulfreundinnen hieß auch so. Nur mit C geschrieben", erzählte Anna.

Zusammen begaben sie sich zu einer Kabine, in der eine Liege stand und in der aus einem versteckten Lautsprecher leise Musik erklang.

„Was kann ich für dich tun?", fragte Karmen.

„Erst mal meinen Rücken massieren und dann möchte ich die Milchcreme ausprobieren", antwortete Anna auf diese Frage.

„Wir machen eine Ganzkörpermassage daraus. Ok?", erkundigte sich Karmen und Anna nickte.

Anna hängte ihre Sachen auf und wollte in Unterwäsche auf die Liege klettern, als Karmen sie stoppte.

„Ganzkörpermassage heißt auch den ganzen Körper. Das geht nicht mit Unterwäsche!", erklärte ihr die Frau.

Zögerlich streifte sich Anna auch die Unterwäsche vom Leib und hängte diese zu den anderen Sachen an die Wand. Nun legte sie sich nackt mit dem Bauch auf die stoffbezogene Massagebank.

„Zeigst du mir noch schnell, wo es dir schmerzt?", fragte Karmen.

Anna deutete auf die Stelle.

Schnell verflog das Leiden unter Karmens Fingern und sie knetete danach Annas ganzen Körper von oben bis unten durch. Erst die Rückseite und dann, nachdem sich Anna auf den Rücken gedreht hatte, auch noch vorn.

Es war einfach angenehm.

„Ich werde jetzt die Milchcreme für dich fertig machen. Setze dich derweil dort vorn auf einen Liegestuhl", sagte Karmen, half Anna von der Massagebank, wickelte sie in einen warmen, flauschigen Bademantel und brachte sie zu einem der bequemen Stühle.

Von diesem Platz aus konnte Anna neuerdings auf diese malerischen Höhenzüge sehen.

Nach ein paar Minuten kam Karmen mit einem Glas.

„Hier schon mal eine Kostprobe", sagte sie.

Diese Creme war köstlich!

„Kann man da auf diesen Berg hinauf?", fragte Anna und zeigte auf einen der Gipfel.

„Auf den kann man nur klettern, aber auf den da links daneben kann man auch wandern. Ich war da letzte Woche mit meinem Freund. Im Sommer gibt es eine Baude fürs Mittagessen, aber jetzt ist der Ausblick von dort einfach nur wunderschön! Bei uns gibt es auch ein paar Bergführer und Giovanni ist der Beste. Aber du musst früh aufbrechen", erklärte Karmen und ging zu ihrer Vorbereitung zurück.

Bei der Erwähnung von Giovannis Namen drehte Anna mit den Augen. Dieser Überfall im Badezimmer und diese komische Ausrede mit der verwechselten Zimmernummer waren noch deutlich in ihrem Hinterkopf, aber der Berg rief und vielleicht gab es auch andere Bergführer. Oder die Eltern würden sie dorthin begleiten.

Nach ein paar Minuten kam Karmen und brachte Anna zur Kabine zurück.

Nachdem Anna sich auf die Bank gelegt hatte, begann Karmen die Creme zuerst am Rücken mit einem weichen Schwamm aufzutragen.

Das fühlte sich unglaublich gut an. Die warme Masse schmiegte sich an Annas Haut an und der weiche Schwamm verwöhnte ihren Körper.

Anna konnte es nicht verhindern, dass sie durch Karmens zärtlich streichelnde Bewegungen zu stöhnen begann.

Als sie sich umgedrehte wurden Annas Brüste und der Bauch eingerieben. Dabei wurde ihr Stöhnen immer lauter und es war ihr peinlich, dass sie so auf diese Massage reagierte. Und es war ihr unmöglich, es zu stoppen.

Karmen beruhigte sie mit den Worten: „Das passiert hier vielen Frauen. Das muss dir nicht unangenehm sein. Die Creme muss nun zwanzig Minuten einwirken und ich lass dich erst mal alleine."

„Übrigens: Die Kabine ist schalldicht!", deutete sie noch mit einem Augenzwinkern an und verließ danach schnell den Raum.

Kaum war Karmen gegangen, da glitten Annas Finger sofort zu ihrem Schoß. Der war zum Glück nicht mit Milchcreme überzogen worden, aber er pochte schon deutlich.

Was war das nur gewesen? So ein bisschen massieren und streicheln? Offenbar war Anna völlig ausgehungert gewesen!

Unter ihren Fingerspitzen spürte sie, dass ihre Labien deutlich geschwollen waren. Ein Blitz zuckte durch ihren Unterleib, als sich ihre Finger langsam vorwärts schoben. Nun musste Anna die Anspannung so schnell wie möglich wieder loswerden.

Geschwind zog sie die Knie nach außen und öffnete dadurch ihre Vulva.

Wenn jetzt jemand kommen würde, dann wäre ihr das sicherlich noch unangenehmer und dann würde Anna für den Rest des Urlaubs das Zimmer nicht mehr verlassen.

Zuerst rieb sie ihre Finger außen an der Vulva entlang, bevor sie tief in die Scheide eintauchten. Mit einer Hand die Brust knetend und die Finger der anderen Hand in ihrem Schoß, rieben ihre Fingerspitzen so schnell sie konnten den kleinen Punkt der Lust und ihr Körper begann sich zusammenzuziehen.

Nur wenige Augenblicke später entlud sich ihre Erregung mit einem Schrei und Anna fiel schnaufend auf die Liege zurück.

Kurz danach betrat Karmen die Kabine und rieb Anna die Creme wieder vom erhitzten Leib.

Anna bedankte sich, zog sich an und fuhr mit dem Lift nach unten in ihr Zimmer.

Sie fühlte sich gut und entspannt. Nun blieb nur noch, die Eltern für den nächsten Tag zu der Bergwanderung zu überreden und den Bergführer zu organisieren.

13. Kapitel

Ein medizinischer Notfall!

*D*er Berg hatte Anna nicht mehr losgelassen und an der Rezeption hatte sie, zusammen mit der Mutter, den Aufstieg für den nächsten Morgen abgesprochen.

Mutter war regelrecht begeistert, als sie erfuhr, dass Giovanni sie dorthin führen würde. Bei Anna hielt sich die Vorfreude berechtigterweise in Grenzen.

Natürlich war der Mann gutaussehend, konnte charmant sein und hatte offenbar auch Manieren. Allerdings hatte er die eben für einen Moment in ihrem Badezimmer vergessen.

Die Frau an der Rezeption hatte ihnen Bilder gezeigt, die erst ein paar Tage zuvor von dort oben aus aufgenommen worden waren und die Fotos waren wirklich wunderschön. Wenn das Wetter mitspielen würde und die Sicht am nächsten Tag genauso war, dann wäre das etwas, was Anna noch lange in der Erinnerung bleiben würde.

Vom Tresen aus konnte Anna die Kellner sehen, die an der Küchenausgabe standen und schon auf das Abendessen warteten. Und darunter befand sich eben auch Giovanni.

Vielleicht sollte sie ihm wirklich eine zweite Chance geben. Er hatte sich ja schon mehr als einmal bei ihr für dieses Geschehnis entschuldigt und eventuell tat sie ihm wirklich unrecht, wenn sie ihm das weiterhin vorhielt.

Alle anderen Kellner hatten sie ja ebenfalls nackt gesehen und dabei einen viel tieferen Einblick bekommen, als Giovanni ihn von der Tür ihres Badezimmers aus erhalten hatte.

Ihre Augen fixierten nun den Mann und etwas kribbelte in ihrem Bauch. War es der Hunger auf das Abendessen?

Die Bergluft machte Appetit und Anna hatte in den letzten Tagen so viel gegessen, wie sie nie für möglich gehalten hätte. Dazu kam eben auch noch, dass der Koch einen wirklich exzellenten Fisch zubereiten konnte. Dieser Mann würde selbst ein Matjesbrötchen so hinbekommen, dass es fünf Sterne erhielt.

Doch nun hielt Giovanni sie vom Essen ab. Anna konnte den Blick nicht mehr von ihm lösen.

Es fühle sich seltsam an. Stieg da gerade die Lust auf ein kleines Abenteuer in ihr auf?

Wie lange war der letzte Sex her? Beim Einzug mit Susi, aber das war ja anders gewesen.

Fünf Jahre waren es, dass ein Mann mit ihr im Bett gewesen war und irgendwie rutschte die

Freude auf den Fisch gerade von ihrem Bauch aus eine Etage tiefer.

„Mal sehen, wie der Aufstieg wird!", dachte sich Anna und versuchte das Begehren wieder zu bändigen. Zu ihrem Glück zog Mutter sie am Arm in den Speisesaal.

Auf der Speisekarte stand Seeteufel und Anna lief schon beim Lesen das Wasser im Munde zusammen.

Giovanni trat an ihren Tisch und bevor Anna bestellen konnte, sagte Mutter: „Wir steigen morgen mit ihnen auf diesen Berg!" Dabei zeigte sie auf den im Fenster zu sehenden Hang.

„Das ist wirklich ein schöner Aufstieg. Morgen soll das Wetter gut und die Sicht hervorragend sein. Ich freue mich, dass ich ihnen das zeigen darf!", antwortete er mit einer leichten Verbeugung.

Annas Widerstand schmolz vollständig und der Blick seiner braunen Augen ließ das Wasser aus ihrem Mund woanders aus ihrem Körper laufen.

Sie spürte, wie sie auf den Mann reagierte und obwohl es keiner merken würde, war es ihr gerade ziemlich unangenehm. Sie war doch die eloquente Studentin, die beste ihres Jahrganges und nun wurde ihr Höschen feucht, weil er ihr in die Augen sah!

Schnell bestellte sie den Teufel und war froh, dass Giovanni ging. Noch eine Minute länger und sie wäre hier im Speisesaal über ihn hergefallen.

Was war da nur in ihr los? Sie musste ihre Gefühle neu sortieren und alles klären, bevor er in ein paar Minuten erneut an ihrem Tisch sein würde, denn sonst konnte sie für gar nichts mehr garantieren.

Zum Glück für alle Anwesenden im Speisesaal gelang ihr das auch gut.

Der Fisch zerfiel auf ihrer Zunge und auch der Nachtisch war einfach nur traumhaft.

Nach dem Essen fuhr sie schnell auf ihr Zimmer, während die Eltern noch in die Hotelbar gingen.

Und während Mutter und Vater sicher unten dem Wein gut zusprachen, stand Anna unter der Dusche und versuchte ihre Empfindungen zu klären.

Wenn Giovanni jetzt in das Bad gekommen wäre, dann hätte er etwas zu sehen bekommen und wäre sicher nicht ungeschoren wieder aus ihren Fängen entkommen.

Aber in ihrem derzeitigen Zustand war es Anna unmöglich, mit ihm am nächsten Morgen auf den Berg zu steigen.

Seine Augen hatte sie dermaßen erregt, dass der selbst herbeigeführte Orgasmus sie in der

Duschkabine auf den Boden zwang, denn die Knie hielten ihrem Gewicht nicht mehr stand.

Japsend und stöhnend saß sie mit gespreizten Schenkeln unter der Brause, während das warme Wasser über ihren Körper rann und die Haut streichelte.

Nachdem sie wieder zu Atem gekommen war, schloss sie den Wasserhahn. Anna trat aus der Kabine, trocknete sich ab und föhnte sich die Haare.

Nun würde sie wenigstens neben dem Mann auf den Gipfel steigen können, ohne ihm schon auf dem Hotelvorplatz die Sachen vom Leibe reißen zu wollen.

Dabei blickte sie allerdings immer noch erregt zur Seite, ob er nicht doch gerade dort stand.

Aber leider wartete er nicht an der Tür.

Dieses Mal hätte sie ihn nicht angeschrien. Oder doch? Und wenn, dann sicher aus einem anderen Grund!

In ihren bequemen Trainingsanzug gehüllt lag sie wenig später auf ihrem Bett und las in einem der mitgebrachten Bücher, als das Telefon neben ihr klingelte.

Erschrocken zuckte Anna zusammen, nahm den Hörer ab und Vater erzählte ihr, dass die Mutter gerade in der Bar umgeknickt war.

Sekunden später war Anna mit dem Lift auf dem Weg in das Zimmer der Eltern.

Mutter saß mit vor Schmerz verzogenem Gesicht auf der Bettkante und hielt sich den Knöchel.

Sorgfältig betastete Anna den Fuß und kam zu dem Schluss, dass sie sich nur den Knöchel verstaucht hatte.

„Ich bandagiere dir den für heute Nacht. Morgen kannst du deinen Fuß in den Pool hängen. Oder ruhig halten und schön kühlen, dann kannst du sicher übermorgen wieder auftreten!"

„Damit fällt aber der Aufstieg aus und ich habe mich schon so darauf gefreut!", bemerkte Mutter traurig.

„Ich gehe dann morgen früh zur Rezeption und sage den Ausflug ab!", antwortete Anna nach einem Blick auf die Uhr, denn es war schon fast Mitternacht!

„Schade um die schöne Tour", sauste es durch ihren Kopf, als sie danach wieder auf ihr Zimmer fuhr.

Sie überlegte sich, ob sie noch etwas beim Zimmerservice bestellen sollte, verwarf aber dann diese Idee und widmete sich abermals ihrem Buch.

Allerdings flogen auch dabei ihre Gedanken immer wieder zu Giovanni und der verpassten Bergtour.

Sie blickte zum Fenster und ihre eigenen Finger brachten sie augenblicklich auf einen anderen Gipfel!

14. Kapitel

Auf zu neuen Gipfeln!

*E*r stand an der Rezeption und schob Karola den Geldschein über den Tresen. Danach bückte sich Giovanni und prüfte noch einmal sorgfältig seine Ausrüstung.

Als Bergführer hatte man da eine gewisse Verantwortung für seine Gäste und manchmal waren da Leute dabei, die schon nach hundert Metern schnaufend zusammenbrechen würden.

Dieses Mal würde er Anna und ihre Eltern auf einen Berg führen. Die drei sahen ziemlich fit aus und da konnte wenig geschehen.

Für die nötige Ausstattung, die seinen Gästen meist fehlte, gab es eine Kammer, in der man sich das notwendige auch für einen Tag ausleihen konnte.

Sein Blick fiel auf die Armbanduhr. Die Tour dieses Tages war anspruchsvoll und wenn sie bis zum Abend wieder zurück sein wollten, dann mussten die drei nun aber endlich erscheinen.

Giovanni zog die Schur seines Rucksacks zu und drehte sich zur Treppe um. Mit dem erneuten Blick zur Uhr wartete er ungeduldig.

Anna war seine derzeitige Angehimmelte und sie machte es ihm besonders schwer. Gerade das aber hatte sein Interesse geweckt. Da kam ihm die Idee ihrer Eltern mit der Bergtour gerade recht, denn so konnte er Anna etwas von dem zeigen, was er konnte und gegebenenfalls sie etwas gewogener machen.

Die Zeiger der Uhr standen auf halb neun!

Er musste noch vor neun aufbrechen, sonst war es an diesem Tag mit Auf- und Abstieg nicht mehr zu schaffen. Im Sommer vielleicht, aber im Winter ganz sicher nicht!

Endlich kam Anna auf ihn zu.

Allerdings im Pullover und ohne Rucksack. Wollte sie absagen und er sollte nur mit den Eltern losziehen?

Die Frau trat an ihn heran und sagte: „Meine Mutter hat sich den Fuß verstaucht und mein Vater will bei ihr bleiben. Da fällt die Tour dann wohl heute aus!"

Sie drehte sich zur Treppe um und er fragte sie: „Und was ist mit ihnen? Wollten sie nicht auch auf diesen Berg? Die Aussicht da ist wirklich wunderschön. Jeder, der da oben war, der schwärmt noch Jahre danach von diesem Blick. Besonders im Winter!"

Anna wandte sich zu ihm zurück und Karola sagte von hinten: „Ja! Das kann ich bestätigen!"

„Ich weiß nicht? Alleine?", erwiderte Anna unsicher.

„Nicht alleine! Giovanni ist wirklich ein guter Bergführer. Der Beste, den wir haben!", antwortete Karola.

„Na gut! Was brauche ich?", fragte Anna.

Er führte sie zur Kammer.

„Welche Schuhgröße haben sie?", erkundigte er sich, vor dem Regal stehend.

„Eine 38!"

„Dann sollten die hier passen!", erwiderte er und gab ihr ein Paar Bergschuhe.

Schnell suchte er noch eine Thermohose, einen Skianzug und eine Jacke heraus. Auch eine Pudelmütze lag dort im Regal und schon wenige Minuten später war Anna dick eingepackt.

„Damit kann ich mich kaum bewegen!", sagte sie mit einem Schmunzeln.

„Na ja! Draußen sind gerade -15 Grad! Da braucht man etwas Warmes!", erklärte Giovanni und gab ihr noch eine Tube Sonnencreme. „Fürs Gesicht! Am Berg bekommt man schneller einen Sonnenbrand!", beantwortete er ihren fragenden Blick.

Anna nickte und cremte sich sofort ein.

Er holte seinen Rucksack und wenig später waren sie pünktlich auf dem Weg.

„Am Berg sagen wir du!", setzte er noch hinzu.

Anna nickte verstehend.

Zuerst ging es eine sanfte Steigung hinauf, auf der auch noch Schnee geschoben und gestreut war.

Darauf kamen sie beide schnell voran und als guter Bergführer nutzte er diese Zeit, um ihr die einzelnen Gipfel der Umgebung zu zeigen und zu erklären. Später, weiter oben am Hang, würde Anna dafür vor Anstrengung sicherlich keinen Blick mehr haben.

Nebeneinander liefen sie den Pfad nach oben.

Schwatzend und plaudernd.

Dabei hatte Giovanni jede Regung ihres Gesichtes weiter im Blick, denn er wollte sein Ziel ja nicht aus den Augen verlieren.

Diese Tour auf den Berg war dabei nur Mittel zum Zweck, denn er wollte ihr Vertrauen zurückgewinnen.

Fünfhundert Schritte später wurde der Anstieg etwas steiler und Anna begann zu schnaufen.

Nach mehr als der Hälfte des Aufstieges zogen unerwartet dunkle Wolken auf und wenig später begann es zu schneien.

Giovanni stoppte und Anna trat vor ihn hin. In seinen Gedanken schätzte er schnell alle Optionen ein. Würden sie es wieder zurück zum Hotel schaffen? Mit dem Blick in die Wolken war das ungewiss.

„Ich denke, dass da noch mehr Schnee kommt. Wir werden heute nicht bis zum Gipfel kommen. Leider!", sagte er.

Anna drehte sich zum Tal um.

„Zurück zum Hotel schaffen wir es aber auch nicht mehr!", erklärte er schnell und sie drehte sich zu ihm zurück.

„Und nun?", fragte sie.

„Fünfhundert Schritte aufwärts ist eine Schutzhütte, da können wir warten, bis der Schnee nachlässt und danach absteigen!", gab er ihr zu verstehen und zeigte mit dem Wanderstock durch die dichter fallenden Schneeflocken zu der Hütte, die kaum zu erkennen war.

„Hast du das absichtlich gemacht, um mit mir in dieser Hütte alleine zu sein?", erkundigte sie sich und es klang nicht spaßig.

„Nein! Natürlich nicht! Hier in den Bergen kann das Wetter schnell umschlagen. Deswegen gibt es ja auch die Schutzhütten. Da kann man dann warten, bis der Abstieg nicht mehr so gefährlich ist", erklärte er und ging los.

Anna blieb nun nichts mehr übrig, als ihm zu folgen. Sie sah ziemlich beunruhigt aus, als sie zu ihm aufschloss.

Schon hundert Schritte später fiel der Schnee in dicken Flocken und als sie endlich an der Hütte angekommen waren, konnte er die Furcht in Annas Augen sehen, denn der leichte Schneefall hatte sich mittlerweile zu einem handfesten Schneesturm entwickelt.

Auf drei Meter Entfernung war die Hütte kaum noch zu erkennen. Schnell öffnete er die Tür, ließ Anna hinein und schloss den Eingang hinter sich unverzüglich wieder.

Nun begannen lang geübte Handgriffe. Das Licht in der kleinen Petroleumlampe war als erstes entzündet, danach folge das Feuer im Kamin und anschließend griff Giovanni zum Funkgerät.

„Alle Hütten haben Funk. So kann man die Bergwacht unten im Tal verständigen!", erläuterte er, während er das Gerät einschaltete.

„Hallo Bergwacht? Hier ist Giovanni! Ich bin mit einem Gast in der Andreashütte auf dem Schnieblerfeld. Sagt bitte Karola im Hotel Bescheid, dass es uns gut geht. Wir steigen ab, wenn der Sturm es zulässt!", sprach er in das Gerät.

Die Bergwacht antwortete ihm: „Hallo Giovanni. Geht klar! Wir haben da letzte Woche Gulaschsuppe in Dosen ins Regal gestellt."

Giovanni dankte und blickte sich um. „Sie mögen hoffentlich Gulaschsuppe? Da ist auch Fleisch drin, aber die ist immer lecker hier!", erklärte er für Anna, die immer noch mitten im Raum stand und sich umsah.

„Nicht sehr luxuriös hier!", stellte sie fest.

„Es ist eben eine Schutzhütte. Man hat alles, was man benötigt. Tisch, Bank, ein Bett und Decken. Etwas zum Essen und auch ein Funkgerät. Licht und Wärme, was anders braucht man nicht", erläuterte er und zeigte auf all das, was er gerade beschrieb.

„Nur ein Bett und auch noch ziemlich schmal!", äußerte sie nun und setzte sich auf die Bank.

„Willst du nicht erst einmal den dicken Panzer ablegen? Es wird dann gleich ziemlich warm!", sagte er, während er die Dose mit der Suppe öffnete.

Anna schien nur sehr widerwillig ihre Jacke abzulegen, aber das Feuer im Kamin würde den kleinen Raum sicher in zwei Minuten auf ordentliche Temperaturen gebracht haben.

Sie wich seinem Blick aus und es sah scheu aus.

Jetzt war nur die Sorge um sie in ihm, der Profi übernahm die Führung! Alles andere konnte warten!

15. Kapitel

Zweisam oder einsam?

Der Tag hatte mit Mutters Unfall furchtbar begonnen, dann war der erste Teil der Bergbesteigung wirklich sehr schön gewesen und danach hatte Anna die große Panik gehabt. Ohne den erfahrenen Bergführer wäre sie jetzt vermutlich schon irgendwo da draußen am Hang erfroren.

Momentan war sie in der warmen Hütte und beobachtete die souveränen Handgriffe des Mannes. Ihre Jacke und der Skianzug lagen auf einer Bank neben dem Eingang.

Sie saß in der Nähe des Ofens und es wurde bullig warm. Den Pullover hätte sie nun auch nicht mehr gebraucht, aber sie wollte nicht im T-Shirt hier mit dem Mann sitzen.

Hatte er extra so viel Holz in das Feuer geschoben, dass die Hütte nun langsam zur Sauna wurde?

Vor ihr erhitzte er auch noch auf einem kleinen Brenner einen Topf mit der Suppe. Das roch schon mal äußerst lecker und die Anstrengung des Aufstieges hatte ihr doch einen großen Hunger bereitet.

Ihr Magen knurrte sie gierig an und dabei fiel ihr ein, dass sie vollkommen ohne alles aufgebrochen war. Sie hatte nicht im Geringsten daran gedacht, dass der Aufstieg ja eigentlich einen ganzen Tag hätte dauern sollen. Ohne den Schneesturm wären sie jetzt vielleicht gerade erst auf dem Rückweg.

Mutter hätte sicher an Brot und Kaffee gedacht, sie hatte es einfach vergessen. Vielleicht war es aber auch dem eher hektischen Aufbruch am Morgen geschuldet, denn eigentlich hatte sie ja absagen wollen.

Nur Giovanni hatte solche überzeugenden Worte gefunden, verstärkt von der Frau an der Rezeption, dass sie sich darauf eingelassen hatte.

Der Sturmwind heulte gerade ganz schauerlich um die Hütte und sie blickte zum Fenster. Da war nur Schnee zu sehen, der davor in großen Flocken herumgewirbelt wurde.

„Magst du?", fragte der Mann.

Anna wandte sich zurück zu ihm.

Giovanni stand im T-Shirt ihrer Lieblingsband und Jeans vor ihr und hielt ihr einen Becher heißen Kaffee hin. „Milch und Zucker?", fragte er.

„Ja. Milch und zwei Stück!", antwortete sie und er gab ihr den Kaffee mit einem Löffel.

Das heiße Getränk heizte sie nur noch mehr auf und schließlich lag auch der warme Pulli in der Nähe des Ausganges.

Solange das Holz reichte, würde es hier drin auch schön warm sein und Holz war ausreichend vorhanden. Im hinteren Teil der Hütte lag es haufenweise ordentlich gestapelt an der Wand.

Giovanni wühlte in seinem Rucksack und zauberte danach aus dessen Inhalt und der Einrichtung der Hütte ein wahres Festmenü.

Anna fielen fast die Augen aus dem Kopf, denn nun stand da vor ihr alles, was man sich nur wünschen konnte. Sogar Schokoladenpudding hatte er aus seiner Tasche geholt.

Die Tischplatte bog sich fast durch. Darauf standen nun Kaffee, Brot, Gulaschsuppe, einige andere Leckereien und der Pudding.

Mit einer Handbewegung lud er sie an den Tisch und sie setzte sich.

Nun war er nicht mehr Bergführer, sondern der Kellner des Hotels und das sorgte dafür, dass sie etwas Abstand von ihm suchte, denn als der Zimmerkellner hatte er sich ihr ja im Bad genähert. Das steckte immer noch als Warnung in ihrem Kopf, obwohl sie sich trotzdem irgendwie zu ihm hingezogen fühlte.

Allerdings war das Essen einfach nur köstlich! Und danach gab es noch einen heißen Kräutertee.

Giovanni trat zum Fenster und sah auf seine Armbanduhr. „Wir müssen heute hier bleiben. Selbst wenn der Sturm sich jetzt legen würde, würden wir nicht mehr bei Tageslicht bis zum Hotel kommen und in der Dunkelheit möchte ich da wirklich nicht unterwegs sein!", bemerkte er.

„Und wo schläfst du dann?", erkundigte sie sich bei ihm.

Es war eine Fangfrage und Anna lauerte auf seine Antwort.

Giovanni wandte sich zu ihr um. „Du schläfst im Bett und ich wickle mich auf der Bank in eine Decke, da kommen wir sicherlich beide in den Schlaf!", sagte er und trat an den Kamin.

Das war genau die richtige Antwort gewesen! Hätte er „Im Bett", „Auf dir", oder „Mit dir", gesagt, dann hätte er draußen im Schnee vor der Hütte schlafen können.

Anna drehte ihren Kopf zum Bett und es war mit einem Male ziemlich breit, obwohl sie es Minuten zuvor noch als schmal betrachtet hatte.

„Nein! Das musst du nicht. Ich glaube, da haben wir beide nebeneinander Platz darauf. Oder? Was meinst du?", fragte sie.

„Das kommt auf den Versuch an. Schnarchst du?", entgegnete er augenzwinkernd.

„Ich glaube nicht", antwortete Anna amüsiert und erhob sich von der Bank.

Sie trat an die breite Pritsche und prüfte die Beschaffenheit. Es war nur eine Holzplatte auf ein paar Füßen, aber es würde sicher für eine Nacht gehen.

Zur Probe legte sie sich kurz darauf, während Giovanni in einem Schränkchen nach den Zudecken suchte.

„Wir haben fünf Decken und wenn jeder eine nimmt, dann können wir die Liege mit zwei oder drei Decken polstern. Damit wird es etwas bequemer. Oder eine Decke zusammenrollen als Kopfkissenersatz. Was meinst du?", befragte er sie.

„Ja! Ein Kopfkissen wäre schön", antwortete Anna.

Giovanni rollte eine Decke zusammen und schob diese unter ihren Kopf.

„Bequem?", fragte er.

„Es wird schon für eine Nacht gehen!", entgegnete Anna und erhob sich von der Schlafstelle.

„Und? Was macht man hier so abends auf so einer Hütte?", erkundigte sie sich nun.

„Tee trinken, ins Feuer schauen, sich Geschichten erzählen und Schokolade essen. Ich habe noch eine Tafel dabei. Möchtest du ein Stück?", fragte der auf scheinbar alles vorbereitete Bergführer.

„Ja! Gern!", entgegnete Anna und schaute zum Fenster zurück. Wie lange würde es noch hell sein? Eine Stunde? Höchstens zwei.

Giovanni hatte mit seiner Erklärung zu 100 % den Punkt getroffen. Jetzt einen Abstieg zu wagen, das wäre der Wahnsinn. Dann wollte sie lieber mit dem Mann diese harte Pritsche teilen.

Sollte er nicht auf seiner Seite bleiben, oder seine Finger nicht bei sich behalten, dann blieb ihm ja immer noch die Bank.

„So! Meine Schokolade habe ich nun!", bemerkte Anna, als Giovanni die Tafel zu ihr herüberschob. „Wo bleiben der Tee und die Geschichte?", erkundigte sie sich mit einem Augenzwinkern.

„Tee kommt gleich und danach die Erzählung!", sagte Giovanni, ebenfalls mit einem Zwinkern.

Nach den fünf Jahren war Anna in Liebesdingen ziemlich eingerostet, aber konnte man das als flirten ansehen? Oder einfach nur als freundliche Geste unter Freunden?

Der Abend begann und Giovanni erzählte Erlebnisse aus Italien. Er berichtete von Florenz, Mailand und Venedig. Aus Rom und Genua.

Er kannte alle Städte. Und sie? Sie hätte alle 214 Knochen des menschlichen Skelettes aufzählen können, aber außer der Uni und dem Krankenhaus hatte sie in den letzten Jahren kaum etwas gesehen.

Sie konnte nur ein paar lustige Anekdoten aus der Notaufnahme bringen, in der sie im Praktikum ausgeholfen hatte.

Irgendwann kam der Moment, in dem Giovanni das Bett polsterte und die Petroleumlampe herunterdrehte.

Zeit fürs Bett.

Etwas zog sie zu ihm, aber hier? In dieser Hütte? Das nasse Höschen des Abends zuvor fiel ihr wieder ein, aber sie verwarf den Gedanken sofort wieder.

Anna zog sich die Jeans aus und öffnete ziemlich umständlich, da unter dem T-Shirt, den Verschluss ihres BHs, denn sie wollte Giovanni nicht noch zusätzlich auf dumme Ideen bringen.

Durch den Ärmel zog sie das Bustier heraus und schob es schnell auf der Bank unter ihre Hose.

Sie sagte: „Gute Nacht!", legte sich auf das Bett, zog die Decke über sich und drehte sich zur Seite mit dem Blick auf das dunkle Fenster.

Hinter ihr raschelte es. Offenbar zog nun auch Giovanni seine Jeans aus.

Er wiederholte ihren Gruß und bettete sich, mit gehörigem Abstand neben sie auf die hölzerne Lagerstatt.

Offenbar hatte sie ihn wirklich falsch eingeschätzt. Es war richtig angenehm in dieser Hütte und schön warm war es auch noch.

Schon wenig später schnarchte Giovanni leise und auch ihr zog es die Augen zu.

16. Kapitel

Schneegestöber

Sie erwachte in der Schutzhütte und ein schwacher Lichtschein von der Petroleumlampe tauchte die vor ihr befindliche Wand in ein blasses Rosa. Kurz orientierte sie sich und spürte dabei, dass Giovanni im Schlaf dicht an sie heran gerutscht war.

Sie lag auf der Seite und er direkt hinter ihr, an ihren Rücken angeschmiegt. Die Wärme des Feuers und die Nähe seines Körpers hatten sie offenbar gut durch diese Nacht gebracht und gerade streichelte sein Atem ihren Nacken.

Obwohl er diese Situation sicherlich auch hätte ausnutzen können, hatte er nur den Arm um ihre Hüfte gelegt und seine Hand ruhte nun, fern von allen bedenklichen Stellen, in der Mitte ihres Rumpfes, direkt über ihrem Nabel.

Es fühlte sich gut an. Anna war geborgen und beschützt.

Er schnarchte leise, aber da war etwas, was ihr eine ganz eigenartige Empfindung in den Bauch zauberte, gewissermaßen direkt unter seine auf diesem ruhende Hand.

Im Schlafen war entweder er oder sie so aufeinander zu gerutscht, dass sie momentan ein leicht drückendes Gefühl an ihrem Hinterteil bemerkte.

Anna genoss es und dachte gleichzeitig zurück: Ihr erster Freund hatte damals dazu immer Morgenlatte gesagt.

Sie hätte jetzt aus dem Stegreif ein halbstündiges Referat darüber halten können, wo es herkam und wie es funktionierte, aber dieser Sinneseindruck war im Moment einfach nur zu schön.

Anna hätte ein Stück nach vorn gleiten können, aber irgendetwas hinderte sie gerade daran, ihre Position zu ändern.

Vermutlich der bald einsetzende Eisprung!

Susi hätte jetzt gesagt: „Da wird man irgendwie geil auf alle länglichen Gegenstände!" Und Anna konnte ihr da im Moment unbesehen zustimmen.

Es fühlte sich so unbeschreiblich erregend an!

Behutsam tastete sich ihre Hand unter der Decke nach hinten, vorsichtig, denn sie wollte den Mann dadurch nicht wecken.

Sacht streiften ihre Fingerspitzen das, was dieses Lustgefühl in ihr ausgelöst hatte.

Fast nahm es ihr den Atem dabei, denn wo Susis Freund gut bestückt war, da war Giovanni außerordentlich gut bestückt.

Keine Frage, der Mann hatte Qualitäten, die weit über die Führung am Berg und die Rettung vor einem Schneesturm hinausgingen.

Anna konnte den Sturm noch hören, der um die Hütte tobte, doch diese Berührung löste nun auch einen Orkan in ihrem Inneren aus.

Schnell zog sie die Hand dort fort, aber es war zu spät.

Der Kopf hatte verloren, der Verstand versank im Nebel der aufkommenden Lüsternheit und die Hormone übernahmen die Steuerung.

Mit einem Seufzer erwachte Giovanni, bemerkte ihre Lage und sagte schnell: „Oh! Entschuldige bitte!" Danach glitt er ein Stück von ihr fort.

Doch die Hormone zwangen Anna, ihm erneut entgegen zu rutschen.

Das war überhaupt nicht ihre Art, aber sie hatte keine Kontrolle über ihren Körper mehr.

Giovanni ließ es einfach zu und sagte auch nichts, als sie sich wie eine rollige Katze an ihm zu reiben begann. Das war hochgradig peinlich und sie wollte es nicht, aber die lustvolle Empfindung drängte sie dazu.

Keine Chance für die rational denkende baldige Ärztin!

Jahrmillionen alte Reflexe übernahmen und der Mann spielte mit.

Seine Hand wanderte vorsichtig nach oben und streifte kurz darauf Annas Brust, deren Nippel unerlaubterweise so hart geworden waren, dass sie durch das T-Shirt spießten.

Sie zuckte zusammen, als er einfach nur seine Hand dort dagegen presste und ein stöhnendes Keuchen verließ ihren halb geöffneten Mund.

„Mehr!", schrie nun ihr Schoß und Annas Blut fiel nach unten. Der pochende Pulsschlag zwischen ihren Beinen zeigte ihr nun an, dass sie für den Mann mehr als bereit war.

Erneut suchte sich ihre Hand nach hinten, nun allerdings nicht mehr ganz so vorsichtig.

Durch den Stoff seiner Boxershorts spürte sie gerade diesen Gegenstand ihrer innersten Begierde.

Giovannis Hand knetete ihre Brust und wechselte schließlich zum Saum ihres Slips.

Während seine Fingerspitzen durch die Haare auf ihrem Schambein streiften, versuchte Anna verzweifelt mit ihrer Hand den Gummi seiner Shorts zu überwinden, aber das ging aus ihrer Position nach hinten nicht so gut, wie es dem Mann bei ihr vorn gelang.

„Warte kurz!", sagte Giovanni leise, zog die Hand aus ihrem Slip und streifte sich nun selbst die Hose herunter.

Gierig griff Anna nach dem nun nur noch von der Decke verborgenem Lustobjekt.

Kräftig rieb sie daran und befühlte die dabei noch weiter wachsende Größe. Erneut verschlug es ihr den Atem, aber sie war sowieso schon am lustvollen Keuchen.

Noch nie hatte sie es so nötig gehabt, wie in diesem Moment!

Anna wollte es, sie brauchte es!

Seine Hand schob sich abermals zurück unter den Bund ihres Slips, aber seine Fingerspitzen hielten wiederum auf ihrem Schambein inne und strichen dort nur über die kleinen Löckchen.

Merkte er nicht, was sie wollte? Oder kam er nur nicht richtig heran?

Anna nahm die Knie auseinander und öffnete damit ihren Schoß für seine Finger.

Diese Einladung wurde von ihm gern und augenblicklich angenommen.

Sie zuckte abermals zusammen, als er ihren Kitzler streifte, doch seine Finger glitten weiter. Nun liebkoste er zärtlich den äußeren Rand ihrer Vulva.

Jede seiner Bewegungen verstärkte nur noch das Verlangen in ihr. Er konnte sie damit verrückt machen und wenn ihre gute Erziehung nicht noch einen Rest von Kontrolle behalten hätte, dann hätte sie nun „Fick mich endlich!" geschrien.

So musste ihr lautes Stöhnen nun dasselbe sagen.

Noch weiter öffnete sie ihre Schenkel, um ihm zu zeigen, was sie wollte.

Diesmal zögerte er länger, bevor seine Finger in ihr Innerstes glitten und dort die Feuchte bemerkten, die schon aus ihr heraus lief.

Nun stöhnte auch er auf!

Ihre Bewegungen an seinem Glied wurden schneller. Wie lange konnte er ihr noch widerstehen?

Doch er nahm ihr Tempo nicht auf und wurde nicht schneller. Sein langsames Streicheln an ihrer geschwollenen Vulva machte sie wahnsinnig und erneut dauerte es eine kleine Ewigkeit, bis er einen seiner Finger tiefer in sie eintauchen ließ.

Allerdings wiederum nur kurz, bevor er seine Hand aus ihrem Slip zog und sie fast ärgerlich aufstöhnte.

Aber noch bevor sie etwas sagen oder sich beschweren konnte, schlug er die Decke zurück und zog ihr geschickt das Höschen aus.

Ihr Verstand hätte nun sicher „Achtung! Warnung!", gesagt, denn sie lag auf der Seite, gewissermaßen auf dem Schlüpfer und er konnte ihr diesen mit einem Ruck vom Körper ziehen. Das verriet jahrelange Übung!

Doch der Verstand hatte immer noch keine Chance gegen ihre pure Lust! Sie wollte diesen Mann in sich spüren!

Er schob ihre Hand von seinem prallen Glied, sie hörte hinter sich das Knistern einer Kondomverpackung und wenig später spürte sie die nun von einem Gummi beschützte Eichel an ihrem pochenden Schoß.

Fast hätte sie „Endlich!", geschrien, aber es ging in ein lautes Aufstöhnen über, als er langsam ein kleines Stück in ihre Scheide glitt.

Giovanni schob ihre Beine nach vorn und glitt sofort tiefer in sie.

Das war so geil und wenn er ihr nun noch an die Nippel fassen würde, dann wäre es perfekt!

Offensichtlich hatte er ihre Gedanken gelesen, denn nun fuhr seine Hand unter ihr T-Shirt.

Während er sich langsam in ihrer mehr als feuchten Vagina bewegte, kniffen und zogen seine Finger an ihrer steifen Brustwarze.

Schmerz und Lust lösten sich ab.

Anna begann zu zittern und alles zog sich in ihr zusammen.

„Oh mein Gott! Ich komme!", schrie sie und ein noch nie gespürtes Glücksgefühl überrollte ihren Körper.

Der erste richtige Orgasmus ihres Lebens bei einem Mann! Und er war noch tausendmal explosiver, als alles, was sie jemals gefühlt hatte, wenn sie es sich selbst besorgt hatte.

Anna brüllte, stöhnte und jammerte, dass es vermutlich noch im Tal zu hören war und der Mann fickte sie langsam weiter durch diesen ekstatischen Höhepunkt, der nicht enden wollte.

17. Kapitel

Gefühl oder Trieb?

Giovanni hatte sie da, wo er sie haben wollte. Er steckte in ihr und sie stöhnte gerade ziemlich heftig in ihrem Orgasmus. Doch irgendetwas war hier anders.

Er verspürte gerade in sich keine Freude, dass er sein Ziel erreicht hatte, sondern darüber, dass Anna gekommen war.

Hatte diese Nacht und der Abend zuvor etwas in ihm verändert? Vielleicht. Oder auch ganz sicher. Es fühlte sich gut an, sie zu lieben, zu halten und zu verwöhnen.

Noch ein paar Mal stieß er kraftvoll und tief zu, bevor er das Kondom schnaufend füllte und Anna dabei laut zum nächsten Orgasmus kam.

Langsam glitt er aus ihr heraus, wechselte das Kondom und drehte Anna auf den Rücken.

Über sie gebeugt begann Giovanni sie leidenschaftlich zu küssen, doch diesmal war die Leidenschaft echt und nicht gespielt!

Sie hatte die Lippen halb geöffnet und das lud ihn dazu ein, seine Zunge in ihren Mund zu schieben. Als sich ihre beiden Zungenspitzen berührten, zuckten sie beide zusammen.

Da war so eine Art von elektrischem Impuls gewesen. Der Kuss wurde von beiden Seiten stürmischer und er zog ihr, in einem kurzen Moment der Trennung, schnell das Shirt über den Kopf, bevor er auch sein eigenes hinter sich warf.

Nackt, Haut an Haut, wollte er sie fühlen und ihr ging es anscheinend ähnlich.

Giovanni wechselte zu ihren Brüsten und begann sich an einer festzusaugen, während er die andere mit der Hand verwöhnte. Ein lautes Stöhnen zeigte ihm an, dass es Anna mehr als gefiel.

Mit Fingern, Zähnen und Zunge trieb er sie langsam auf den nächsten Gipfel hin. Jetzt war er eine andere Art von Bergführer.

Anna kam erneut, bäumte sich unter ihm auf und er schob sie von diesem Höhepunkt zum nächsten. Schreiend wälzte sie sich unter ihm hin und her.

Diese Frau war einfach unglaublich und sein Glied schmerzte bereits vor Verlagen, wieder in sie zu tauchen.

Giovanni löste sich von ihren Brüsten, gab ihr einen neuen stürmischen Kuss und nun konnte er nicht mehr länger warten.

Er stützte sich neben ihren Kopf auf, schob ihre Schenkel mit den Knien auseinander und glitt in ihren Schoß.

Anna bäumte sich abermals auf und griff zu seinen hart nach vorn stehenden Nippeln. Nun krallte sie sich daran fest und spielte daran.

Offenbar wollte sie es nun härter haben und er erfüllte ihr den Wunsch, der nun auch seiner war.

Sich unter ihm windend zog sie ihre Knie so weit nach oben, dass sie damit fast seine Arme streifte.

Schnell, tief und hart stieß er in ihre Scheide und nun gab es für ihn kein Halten mehr.

Anna jammerte regelrecht unter ihm, aber er nahm keine Rücksicht mehr auf sie. Schon spürte er, wie sich alles in ihm zusammenzog und dann füllte er schreiend das Kondom.

Schnaufend und nun ebenfalls wimmernd fiel er auf ihre Brust.

Anna strich ihm durch die Haare und schien ihn damit beruhigen zu wollen, doch er würde eine Weile brauchen, bis er wieder zu Atem kam.

Allerdings gab sie ihm nicht diese Pause, denn die Gier hatte sie gepackt!

Anna verschränkte ihre Beine hinter seinem Rücken und begann nun mit ihrem Becken nach oben zu gehen.

Diese Frau holte sich nun, was sie haben wollte!

Gemeinsam schnauften sie, während sie sich in der Hütte ekstatisch liebten.

Aber war es Liebe? Oder nur animalischer Trieb? Gesteuert durch Instinkte?

Vielleicht, denn Giovanni war zu keinem klaren Gedanken mehr fähig. Sein bisher immer gut funktionierender Verstand setzte völlig aus. Er schwitzte und sie ebenfalls. Ihre beiden nassen Körper klatschten laut aufeinander.

Schließlich kamen sie gemeinsam zum nächsten Höhepunkt, als Annas Vagina sich um seinen steifen Penis herum so sehr zusammenzog, dass er vor Schmerz aufschrie und das bereits gut gefüllte Kondom noch mehr füllte.

Erschöpft fiel er wieder auf sie, doch für Anna reichte es immer noch nicht, denn sie rollte ihn auf den Rücken, wechselte mit zitternden Fingern das Kondom und hockte sich über ihn.

Stumm sahen sie sich in die Augen. Da war nur noch pure Gier in ihrem Blick. Oder grenzenlose Lust!

Leidenschaft und nichts sonst.

Mit einem Ruck senkte sie ihren Unterleib und er schrie dabei auf.

Anna hatte die Augen geschlossen und stützte sich mit den Händen auf seinen Schultern ab.

Giovanni zog die Knie ein Stück an, damit sie besser auf ihn gleiten konnte, das war der letzte bewusste Gedanke, bevor er nur noch sie sah.

Die verschwitzten Haare klebten ihr auf der Stirn, ihre Brüste wippten im Takt ihrer Bewegungen und ihr Tempo war aberwitzig.

Nun war sie seine Bergführerin und trieb ihn auf den Gipfel voran.

Anna ritt ihn wie der Teufel!

Sie fickte ihn gnadenlos.

Alles versank im Nebel und er kam schreiend.

Anna machte weiter und ritt ihn durch den Schmerz, dann kam auch sie.

Zuckend fiel sie auf ihn und er hörte nur ihr Jammern in seinen Ohren.

Es dauerte Minuten, bevor er neuerdings einen Gedanken im Kopf behalten konnte.

Anna war zur Seite gerutscht und lag nun in seinem Arm halb auf seiner Brust.

Mit einem Blick nach unten stellte Giovanni fest, dass etwas fehlte und er brauchte eine Weile, um zu begreifen, dass da auf seinem Glied kein Kondom mehr war.

Das lag neben ihm im Bett.

Sein Penis glänzte und er hoffte, dass es von seinem Sperma war.

Hoffentlich war das Präservativ erst nach ihrem Orgasmus von seinem erschlaffenden Glied gerutscht, doch wenn die Feuchte an ihm von ihr stammte, dann hatte er ihr seinen Samen tief in den Leib geschossen.

Anna atmete schwer und war noch wie benommen.

Giovanni richtete sich langsam auf, küsste sie und entsorgte die benutzten Kondome im Ofen.

Kurz roch es nach verbranntem Gummi in der Hütte, dann ließ er sich auf der Kante der Schlafstelle nieder.

Er schnaufte und seine Knie zitterten immer noch. So etwas hatte er noch nie erlebt.

Mit dem Blick auf ihren nackten und vom Schweiß glänzenden Körper fragte er sich erneut, was das gerade gewesen war.

Es war nicht nur der grandiose Sex gewesen, es war diese Sinnesempfindung, die ihn einfach übermannt hatte.

Es fühlte sich an, als hätte er sich verliebt.

Er hatte schon hunderte Frauen gehabt, aber in Anna hatte er seine Meisterin gefunden.

„Oh mein Gott! Das war so geil!", stöhnte sie und richtete sich langsam auf. Ein Kuss über das Bett hinweg folgte.

„Leider müssen wir unser Liebesnest gleich verlassen und mit dem Waschen sieht es hier auch nicht so gut aus", sagte er.

Anna nickte und erhob sich von ihrem Lustlager. Sie hatte ebenfalls noch weiche Knie und stützte sich schnaufend an der Hüttenwand ab.

Das würde ein schwerer Abstieg werden, aber wenn sie nicht bald wieder unten ankamen, dann würden die Männer der Bergwacht sonst den Rettungshubschrauber schicken.

Mit dem letzten Höhepunkt hatte sich auch das Unwetter um die Schutzhütte herum gelegt. Das Sonnenlicht fiel durch das Hüttenfenster und ließ Annas Körper nur noch etwas mehr glänzen.

Sie sah wie eine Göttin aus, eine schwitzende Göttin! Einfach wunderschön!

Sich immer wieder gegenseitig küssend zogen sie sich an. Er löschte das Feuer und räumte noch schnell auf.

Über Funk kündigte er den Aufbruch bei der Bergwacht an und danach stiegen sie, Hand in Hand, ins Tal hinab.

18. Kapitel

Zwischen Berg und Tal

*A*n Giovannis Seite lief Anna durch den fast knietiefen Schnee. Gerade eben hatte sie in der Hütte noch den Rest des Kaffees getrunken und ein paar Scheiben Zwieback gegessen. Es schien ihr der leckerste Zwieback ihres Lebens gewesen zu sein, denn er kam aus seinem Rucksack.

Eigentlich lief sie nicht, sie schwebte, denn die Glücksgefühle in ihrem Bauch waren einfach viel zu schön. Und er hatte ihr auch noch die restliche Tafel Schokolade vom Abend zuvor gegeben, die nun in ihrer Jackentasche steckte und Stück für Stück in ihrem Mund verschwand.

Die Aussicht auf das tief verschneite Tal war wunderschön, aber meist hing ihr Blick am Gesicht des Mannes neben ihr.

Sie stiegen Hand in Hand durch den Frost und während sie durch die Anstrengung schnaufte, war ihm kaum anzusehen, dass der Weg so tief verschneit war.

In der Nacht waren sicher mehr wie fünfzig Zentimeter Neuschnee dazu gekommen, denn am Tage zuvor war sie beim Aufstieg kaum knöcheltief darin versunken.

Schneeschuhe wären jetzt eine hervorragende Option gewesen. Oder Ski! Aber dann wäre der Abstieg nicht mehr so schön und sicher auch nicht so lang gewesen. Und Anna wollte jede Sekunde davon genießen.

Lächelnd dachte sie an diese letzte Nacht zurück.

Giovanni hatte ihr am Tage zuvor versprochen, sie auf den Gipfel zu bringen und im übertragenen Sinne war ihm dies auch gelungen. Mehrmals sogar!

Noch nie in ihrem Leben hatte sie Sex so intensiv und explosiv erlebt! Nach dem fünften Orgasmus hatte sie aufgehört zu zählen! Es war der helle Wahnsinn gewesen!

Ihr erster Freund war damals regelmäßig nach drei Stößen in ihr gekommen und auch die anderen beiden waren, mit ihrer derzeitigen Erkenntnis rückwirkend betrachtet, nur Pfeifen im Bett gewesen.

Anna hatte es nicht besser gewusst und nun hätte sie auch eine Abhandlung über multiple Orgasmen schreiben können. Vielleicht sollte sie das als nächstes Referat wirklich tun.

Schmunzelnd stellte sie sich die Gesichter der Kommilitonen vor, wenn sie damit vor sie treten würde. Aber da die Gynäkologie ja sowieso ihr

Fachgebiet werden sollte, war es ja irgendwie auch damit verbunden.

Anna hatte etwas gelernt, was sie aus keinem Buch der Welt erfahren konnte.

Das musste man erlebt haben!

Es musste schon fast Mittag sein, als sie von dem tief verschneiten Hang auf den flacheren Pfad wechselten, auf dem auch schon der Schnee zur Seite geschoben war.

Damit war das Ende dieser Bergtour nun schon absehbar.

Da sie bisher Giovanni nur stumm angehimmelt hatte, musste nun noch eine wichtige Frage gestellt werde, bevor sie wieder im Hotel waren. „Kommst du heute Nacht wieder zu mir?", bat sie ihn.

Giovanni blickte sie an und sie versank in seinen braunen Augen.

„Nach dieser Nacht brauche ich sicherlich erst mal ein paar Tage, um mich davon zu erholen, aber zum Kuscheln und Streicheln gern. Neben dir einschlafen und mit dir aufwachen, ich könnte mir nichts Schöneres vorstellen!", antwortete er lächelnd.

„Du hast ja meine Zimmernummer!", gab sie ihm zurück und er küsste sie. Auch seine Lippen waren der Hammer!

Das Hotel kam in ihren Blick und ein letzter Zweifel musste noch ausgeräumt werden.

„Und du hast wirklich nicht schon vor unserem Aufbruch gewusst, dass wir in einen Schneesturm kommen würden?", erkundigte sie sich und sah ihn vor der Seite aus an.

Giovanni stoppte, wandte sich ihr zu und sagte: „Nein! Ich schwöre es dir. Ich wollte dir wirklich einen anderen Gipfel zeigen!"

Sie küsste ihn erneut und sie setzten ihren Weg fort.

Auf dem Platz vor dem Hotel klopften sie sich gegenseitig den Schnee von der Kleidung und betraten die Vorhalle.

Die Frau an der Rezeption, die sie am Tage zuvor auch verabschiedet hatte, sagte zu ihnen: „Zum Glück ist euch nichts passiert!"

„Wir haben es gerade noch so in die Andreashütte geschafft!", antwortete Giovanni.

„Ja! Die Unwetterwarnung kam eine Stunde nach eurem Aufbruch rein, aber ich konnte euch nicht erreichen!", erklärte die Frau sichtbar schuldbewusst.

„Es ist ja alles gut gegangen!", bemerkte Anna.

„Ja. Zum Glück. Aber Giovanni ist nun mal unser bester Bergführer!", entgegnete die Frau.

Anna schien es so, als ob der Mann bei diesem Lob ein wenig Farbe im Gesicht bekam.

„Ich muss ihnen noch die Ausrüstung abnehmen!", sagte Giovanni.

Sie stutzte für einen Moment, aber vor der Kollegin wollte er sie sicher nicht mit Du und dem Vornamen ansprechen.

Gemeinsam gingen sie zu der Kammer, in der er ihr aus den Sachen half und wo er ihr hinter verschlossener Tür einen Abschiedskuss gab.

Seine Lippen waren echt eine Wonne!

„Bis heute Abend!", flüsterte er.

Anna nickte ihm zu. Nur schwer konnte sie sich von ihm lösen, aber er würde ja wieder zu ihr kommen.

In Pullover und Jeans ging Anna zur Rezeption zurück.

„Wo sind denn meine Eltern? Haben die sich große Sorgen um mich gemacht?", fragte sie.

„Ich konnte sie gestern noch beruhigen! Ihre Mutter ist am Pool und ihr Vater ist sicher auch dort", antwortete die Frau.

„Ok. Ich gehe mich erst mal duschen, dann Mittagessen und werde ihnen dann anschließend alles erzählen. Könnten sie das den beiden bitte ausrichten?", erklärte Anna.

„Mache ich gern! Genießen sie die Dusche und das Essen. Heute Mittag gibt es Zander!", entgegnete die Frau.

Anna nickte und wandte sich der Treppe zu.

Nun eilte sie auf ihr Zimmer, warf die Sachen von sich und stellte sich unter die Dusche.

Das warme Wasser auf der Haut war so ein schönes Gefühl. Fast wie Giovannis Finger, die sie am Morgen noch so zärtlich verwöhnt hatten.

Minuten später knurrte ihr Magen. Zander war ihr Lieblingsgericht und offensichtlich hatte die Frau an der Rezeption das auch schon mitbekommen.

Frisch gewaschen, in ein schönes Parfüm und neue Sachen gehüllt, fuhr sie nach unten.

Der Fisch war abermals ein Gedicht. Der Koch hatte wirklich Ahnung von seinem Handwerk.

Eine halbe Stunde später betrat sie in ihrem Bikini den Poolbereich und suchte die Mutter. Die saß auf einer Liege, hatte den verbundenen Knöchel hochgelagert und einen Eisbeutel drum gelegt.

„Hallo Anna! Du siehst, ich mache es so, wie du es mir vorgeschrieben hast!", sagte sie und zeigte auf ihren Fuß.

Anna nickte, kontrollierte den Verband und ließ sich dann auf einer Nachbarliege nieder.

„Und nun! Erzähle! Wie war es auf der Hütte im Schneesturm?", erkundigte sich Mutter.

Anna begann vom Abend und der Nacht zu erzählen, aber den Morgen ließ sie dabei aus.

Innerlich freute sie sich auf die kommende Nacht.

Die Glücksgefühle in ihrem Bauch tanzten gerade mit dem Zander.

Es war ein wunderschöner Tag und Anna war einfach nur glücklich.

19. Kapitel

Nicht mehr derselbe!

*E*r schaute ihr nach, als sie zur Treppe ging. Etwas hatte sich in ihm geändert, denn Giovanni fühlte einen kleinen Schmerz in seiner Brust. Das war ein Gefühl, das er noch nie zuvor gespürt hatte.

Diese Nacht im Sturm hatte in ihm etwas verändert. Er wusste nun, dass er sich verliebt hatte! Er wandte sich zum Tresen zurück, nickte Karola zu und sagte: „Ich nehme mir den Tag frei!"

„Ja! Mach das, nach dieser Nacht!", entgegnete sie.

Er zuckte bei dieser Bemerkung fast zusammen.

Hatte Karola ihn durchschaut? Oder meinte sie nur den Sturm am Berg? Da war allerdings kein Schmunzeln in ihrem Gesicht zu erkennen, also hatte sie es wohl wörtlich gemeint.

Giovanni winkte ihr zu und lief zu seinem Zimmer.

Dort angekommen legte er seine Sachen ab und ging nackt ins Badezimmer.

Vor dem Spiegel stehend fiel ihm erneut die Situation am Morgen ein. Er blickte an sich herab, nahm ein Taschentuch und wischte sein Glied damit sauber.

Anschließend führte Giovanni das Tuch zur Nase und es roch genauso, wie seine Finger, die in ihrer Scheide gesteckt hatten!

„Verdammt!", entfuhr es ihm, denn wenn sein Glied nach ihrer Scheide roch, so hatte er das Kondom nicht mehr darauf gehabt, als Anna diesen Höllenritt auf ihm vollführt hatte.

Vermutlich hatte er das Präservativ bei ihrem Wechsel von der hockenden Stellung zum Knien verloren und er war so weggetreten gewesen, dass er den Unterschied nicht gespürt hatte.

Damit war ihm auch klar, dass er die letzte Ladung tief in ihrem Unterleib platziert hatte!

Sollte er ihr das sagen?

Giovanni spürte die Angst davor in sich. Was würde Anna ihm wohl antworten? Dass er verantwortungslos gewesen war? Sie würde die Beziehung, die gerade erst begann, sofort beenden und sie hätte recht damit.

Er hätte aufpassen müssen!

„So ein Mist!", stöhnte er und trat unter die Dusche.

Das warme Wasser wusch ihren Geruch von ihm. Es war eigentlich schade darum! Aber im Taschentuch hatte er ihren Duft konserviert. Das lag noch auf dem Waschtisch und er konnte es von der Duschkabine aus sehen.

Zweifel sausten durch seinen Kopf.

Er musste ihr diesen Unfall unbedingt gestehen, aber dazu musste diese Verbindung erst gefestigt sein. In der derzeitigen Situation würde Anna sofort mit ihm Schluss machen.

In ein paar Tagen wäre diese aufkeimende Beziehung vielleicht so weit gefestigt, dass sie mit der Wahrheit umgehen konnte.

Nun fiel Giovanni die kommende Nacht ein und erneut schaute er an sich herab.

Anna hatte alles aus ihm herausgeholt und gerade schmerzte sein Glied noch von ihren heftigen Kontraktionen.

Sie war wirklich ein Teufelsweib und noch nie zuvor hatte es eine geschafft, wirklich den allerletzten Tropfen aus ihm herauszupressen.

Behutsam tastete er sich ab. Da war nicht eine Regung mehr aus seinem kleinen Freund herauszuholen.

Doch damit würde die nächste Nacht wirklich nur aus streicheln, schmusen, kuscheln und küssen bestehen.

Für mehr wäre sein Glied wohl in den nächsten zwei Nächten nicht mehr zu gebrauchen.

War es Bewunderung für Anna, die er momentan in sich spürte? Oder war da schon viel mehr?

Noch nie hatte er sich verliebt, aber wenn er früher Bücher darüber gelesen hatte, so war das, was er im Moment gerade in sich fühlte, darin immer so beschrieben gewesen.

Giovanni sehnte sich nach ihr! Er wollte sie in seinem Arm halten, sie einfach nur streicheln und sie glücklich machen.

Sex war da gerade nicht so wichtig!

Sauber und gut duftend verließ er die Duschkabine, trocknete sich ab und steckte danach seine Nase in das Taschentuch.

Annas Geruch war angenehm. Das hätte er gern als Parfüm an sich gehabt!

Vorsichtig schob er das Tuch in einen Plastikbeutel, den man luftdicht verschließen konnte.

War das pervers, was er hier tat? Irgendwie schon, aber er drängte den Gedanken weit von sich, legte den Beutel in seinen Schrank und zog sich neue Wäsche an.

Nun wäre Zeit für das Mittagessen, aber alle seine Gedanken waren bei Anna, die jetzt bestimmt auch gerade geduscht hatte und vielleicht im Augenblick zum Essen ging.

War da nicht noch ein Rest von dem Zwieback in seiner Tasche, den sie am Morgen nicht mehr gegessen hatte?

Fast verzweifelt suchte er die Packung, bis er sie in einem Seitenfach des Rucksacks dann doch noch fand. Mit der halbvollen Verpackung stellte er sich an sein Fenster.

Von dort aus ging sein Blick auf den Berg hinauf. Mit einem guten Fernglas hätte er von seiner Position aus die Andreashütte sehen können. Oder zumindest einen kleinen Teil des Daches.

Im Gedanken in dieser Hütte und bei diesem wahnsinnigen Morgen schob er sich eine Scheibe Zwieback nach der anderen in den Mund.

Und in seiner Einbildung war er wieder bei Anna! In ihr.

Es schmerzte, aber es war momentan nicht der körperliche Schmerz, sondern der seelische der Trennung von ihr.

Giovanni war ein anderer Mann geworden, als er es gewesen war, bevor er diesen Hang hinaufgestiegen war.

Am Tage zuvor hatte er nur die Absicht gehabt, Anna flachzulegen und eine weitere Frau glücklich zu machen.

Heute war ihm dieser Gedanke fremd.

Ein Sehnen war in seiner Brust, das weit über den Sex mit ihr hinausging.

„Komm schon! Lass es Abend werden!", bettelte er die Sonne an, sich schneller über den Himmel zu bewegen.

Was konnte er in alle der Zeit bis zum Beginn der Nacht tun? Schlafen würde er so nicht können. Und der Zwieback war nun auch alle.

Er knüllte sie Verpackung zusammen und im Umdrehen fiel sein Blick auf den Schrank. Das Tuch rief ihm zu: „Hole mich heraus! Rieche ihren Duft!" Aber das war nicht die Lösung. Er wollte nicht ihren Duft, er wollte Anna!

Vielleicht würde etwas Sport zur Ablenkung reichen?

Giovanni zog sich um und fuhr nach unten in den Fitnesskeller.

Die nächsten Stunden schwitzte er an Crosstrainer und Hantelbank.

Die anderen Frauen, die dort ebenfalls trainierten, interessierten ihn nicht. Da hätte sich eine nackt über ihn stellen können und er hätte sie keines Blickes gewürdigt.

Er versuchte nur den Tag zu verkürzen, die Wartezeit irgendwie rumzubekommen.

Aber in seinem Blick hing auch die Uhr und die langsam dahin kriechenden Zeiger wiesen ihn ständig darauf hin, wie lange es noch dauern würde, bis er Anna endlich abermals im Arm hatte.

Bevor er sich nun aber völlig verausgaben wollte, beschloss er in die Sauna zu gehen.

Dort saß er dann und stellte erst nach einer halben Stunde fest, dass ihm gegenüber eine bildschöne nackte Frau mit langen schwarzen Haaren saß.

Sie lächelte ihn an und hatte dabei die Beine leicht geöffnet. Ihre feucht glänzende Scham war deutlich zu sehen und diese Nässe kam sicher nicht von der Sauna.

An jedem anderen Tag zuvor wäre er dieser Einladung gern nachgekommen und hätte sie einfach direkt hier auf der Bank genommen. Heute nickte er ihr nur freundlich zu, lächelte und ging.

Anna wartete auf ihn!

20. Kapitel

Flug und Absturz!

Der bisherige Tag hätte für Anna nicht besser sein können. Sex am Morgen mit multiplen Orgasmen, danach lauter Schmetterlinge in ihrem Bauch auf dem Abstieg. Leckeren Zander zum Mittag und später war Anna stundenlang im und am Pool gewesen.

Nun senkte sich langsam die Dämmerung über das Hotel herab und trug die Vorfreude auf die kommende Nacht in ihren Bauch.

Würde der Tag so enden, wie er begonnen hatte?

Vielleicht!

Giovanni hatte da zwar schon etwas vorgewarnt und ihre Erwartungen am Mittag etwas gedämpft, aber sie hoffte, dass die Zeit für den Mann zur Regeneration gereicht haben würde.

Das obligatorische Abendessen mit den Eltern fiel daher etwas kürzer aus und nachdem Anna ihr köstliches Mahl regelrecht verschlungen hatte, redete sie sich mit Verweis auf die letzte Nacht und ihr wartendes Bett heraus.

Demonstrativ gähnte sie und behauptete, müde zu sein, aber eigentlich konnte sie es nur nicht erwarten, in ihrem Zimmer zu sein.

Nach dem Kuss für die Mutter rannte sie beinahe die Treppe hinauf.

Dort riss sie sich die Kleidung regelrecht vom Leib, wobei ihr ziemlich teures Bustier einen irreparablen Schaden erlitt, aber das war ihr momentan völlig egal.

Sie sprang unter die Dusche, wusch sich mit einem exklusiven Duschgel und hüllte sich danach in ihr teuerstes Parfüm. Die Mutter hatte es ihr zum letzten Geburtstag geschenkt und Anna benutzte es nur für ganz besondere Momente.

Keiner jemals zuvor war da besser geeignet gewesen, diesen Duft zu tragen, als genau dieser!

Sie kuschelte sich in einen der flauschigen weißen Bademäntel, die das Zimmermädchen jeden Tag frisch in das Bad legte, stellte sich an das Fenster und wartete auf Giovanni.

Vor ihr breitete sich das Tal aus und die Lichter der Häuser warfen ihren Schein auf die schneebedeckten Wiesen. Es sah idyllisch aus, aber Anna nahm es kaum wahr.

Irgendwie kam sie sich gerade ziemlich verrucht vor. Mit dem Mantel auf der nackten Haut wartete sie auf ihren Liebhaber.

So sah das in manchen Filmen immer aus, die Susi so gern im Fernsehen sah. „Das Callgirl und der Prinz!" So hieß die letzte Romanze, die ihre Mitbewohnerin erst vor einer Woche gesehen hatte und Anna hatte da nur den Kopf geschüttelt und Kitsch dazu gesagt.

Doch nun kam ihr die Situation nur zu bekannt vor.

Allerdings war sie kein Callgirl und Giovanni kein Prinz.

Bei dem Gedanken an den Mann rieben ihre Nippel am weichen Stoff und sie spürte erneut dieses Pochen und die sich vor Lust öffnende Vulva!

Anna war heiß!

„Wo bleibst du nur? Beeile dich!", bettelte sie in Gedanken.

Dann war es endlich so weit und Anna hätte fast vor Glück gejubelt!

Die Tür summte, leise trat Giovanni hinter sie, strich ihr die Haare sanft zur Seite und küsste die Seite ihres Halses.

Die Gänsehaut lief sofort los. Anna drehte sich zu ihm um, öffnete den Gürtel und der Mantel rutschte von ihren nackten Schultern.

Stürmisch küsste Giovanni sie und dieses Mal tastete sich ihre Zunge zuerst vorwärts.

Nach diesem innigen Kuss hob er sie auf seine Arme und trug sie die zwei Schritte vom Fenster bis zum Bett.

Liebevoll legte er sie dort ab, entledigte sich schnell seiner Sachen und schlüpfte zu ihr unter die Decke.

Die Zärtlichkeiten wurden noch stürmischer, als der Schneesturm, der ihr die letzte Nacht eingeleitet hatte, aber was auch immer sie versuchte, sie konnte Giovannis Glied nicht zum Stehen bringen.

Offenbar hatte er seinen Körper doch gut eingeschätzt und schließlich entzog er sich ihren streichelnden Händen, indem er nach unten rutschte.

Zärtlich verwöhnte er ihre Brüste mit Händen und Zunge.

Das Kribbeln zog von ihrem Bauch ein kleines Stück nach unten und Anna spürte erneut die Feuchte ihres Schoßes. Der schrie gerade nach Befriedigung seines grenzenlosen Verlangens.

Als Anna Giovannis Finger auf ihrem Schambein spürte, kam sie stöhnend zum Orgasmus.

Sie hob ab und flog davon, sie segelte in den siebenten Himmel und Giovanni war jetzt ihr Pilot!

Während sie sich noch unkontrolliert in ihrem Bett hin und her warf, zog er ihr die Zudecke vom erhitzten Leib.

Giovanni bewegte sich nach unten und verschwand mit seinem Kopf zwischen ihren gespreizten Schenkeln.

Er begann ihren offenen und momentan sehr empfindlichen Schoß zu küssen, touchierte nur kurz ihren Kitzler, glitt mit seiner Zunge über den Rand ihrer Vulva und verwöhnte sie ausgiebig.

Noch nie hatte sie etwas in dieser Art gespürt, wie das, was er gerade mit ihr tat.

Giovanni saugte, knabberte und leckte an ihren geschwollenen Labien, seine Zunge und seine Finger schienen überall gleichzeitig auf und in ihr zu sein und Anna flog von einem Höhepunkt zum nächsten, bis sie um Gnade betteln musste, weil sie nicht mehr konnte.

Nun kam Giovanni zurück zu ihr nach oben und küsste sie erneut.

Sie schmeckte ihre eigene Lust auf seine Lippen, er zog zärtlich die Bettdecke über sie beide und an ihn gekuschelte schlief sie wenig später erschöpft und glücklich in seinem Arm ein.

Der nächste Morgen weckte sie und ein Kuss von Giovanni begrüße sie.

Erneut begann er sie zu streicheln und liebevoll zu verwöhnen.

Es dauerte keine zwei Minuten, da hob sie erneut ab.

Zuckend, schnaufend und stöhnend lag sie in seinem Arm.

„Schade, dass du nicht kommen konntest!", seufzte sie schließlich, als sie die Stimme wiedergefunden hatte.

Giovanni winkte nur ab.

„Duschst du noch mit mir?", fragte er sie stattdessen und küsste sie nochmals.

Anna erhob sich mit zitternden Knien aus ihrem Bett.

Mit einem Blick auf den Wecker erkannte sie, dass sie sonst sicher noch eine Stunde geschlafen hätte, doch sie wollte ihm diesen Wunsch nicht abschlagen.

Die gemeinsame Dusche war wirklich sehr schön und sie kam ein weiteres Mal durch seine Fingerspitzen, doch abermals konnte keine ihrer eigenen Bemühungen seinem schlaffen Glied auch nur ein winziges Zucken entlocken.

„Schade!", sagte sie beim gegenseitigen Abtrocknen.

Wenig später eilte er nach einem Abschiedskuss und der Ankündigung der nächsten Nacht auch schon aus ihrem Zimmer.

Anna fiel erneut in ihr Bett und dachte an diese glücklichen Momente zurück.

Sie legte die Hand auf ihrem Bauch und fühlte das Kribbeln der Schmetterlinge dort.

Nach dem Frühstück lag Anna dann später am Pool. Giovanni brachte ihr einen Cocktail und sie lächelte ihm zu.

Nachdem er gegangen war, sagte eine Frau seitlich von ihr: „Hat er dich auch zum Fliegen gebracht?"

Annas Kopf zuckte herum. Neben ihr lag eine schöne rothaarige Frau und lächelte sie an.

„Wieso? Was meinst du?", stammelte Anna.

„Ich habe ihn heute früh aus deinem Zimmer kommen sehen!", sagte die Frau. „Ich bin Britta!", setzte sie noch dazu und hielt ihr die Hand hin.

Anna war völlig verstört und gab der Frau die Hand.

Britta setzte fort: „Vor ein paar Tagen hat er mich auch zum besten Orgasmus meines Lebens geleckt! Zwei Nächte hintereinander! Genieße es, solange es geht, denn seine Kollegen nennen ihn Casanova! Einer hat mir erzählt, dass sie eine Strichliste führen, wie viele Frauen er so rumbekommen hat. Ein DIN-A4-Blatt ist schon voll!"

Anna wäre fast das Glas aus der Hand gefallen.

Sie blickte zurück zum Ausgang. Ihre schlimmsten Befürchtungen waren gerade eingetreten!

Nach dem Flug am Morgen kam nun der Absturz!

Anna fühlte sich ausgenutzt und beschmutzt! Die Schmetterlinge verschwanden und ballten sich in ihrem Bauch zu einer Kugel aus Zorn zusammen.

21. Kapitel

Die Dosis macht das Gift!

atürlich war es Giovanni peinlich gewesen, dass außer kuscheln nicht viel
von seiner Seite aus gelaufen war, aber
es ging nicht.

Gerade eben hatte er Anna das Getränk am
Pool serviert und nun war er auf dem Weg zum
Tresen, um sich für den Rest des Tages freizu-
nehmen.

Die nächste Nacht musste besser vorbereitet
werden und dazu brauchte er etwas Zeit.

In seinem Herzen war nun nur noch Platz für
Anna und er sah nicht die anderen Frauen, die
vielleicht auch lohnende Ziele für ihn gewesen
wären.

Aber was würde werden, wenn Anna in der
nächsten Woche wieder abreisen würde? Darüber
wollte er sich im Moment noch keine Gedanken
machen, doch diese Befürchtung lag wie ein
dunkler Schatten über ihm.

Was wäre dann?

Giovanni wollte es sich noch nicht vorstellen,
aber er würde sich dieser Frage stellen müssen.

Spätestens am nächsten Tag!

Er trat zu Karola an die Rezeption, nickte ihr zu und reichte ein Urlaubsgesuch für einen halben Tag ein.

Zum Abendessen musste er dann wieder in der Küche sein, um seinen Job zu machen.

Schnell war der Zettel von der Chefin unterschrieben und Giovanni auf dem Weg in sein Zimmer.

Mit dem Rezeptbuch seiner Großmutter mixte er die Zutaten zusammen. Er tat es bei offenem Fenster, da das Gebräu ziemlich widerlich stank.

Aber es half!

Zumindest war die Wirkung bisher immer durchschlagend gewesen.

Der Gestank musste jedoch auch wieder aus seinem Körper heraus. Das ging nur in der Sauna und am besten, wenn da kein anderer drin war.

Die hohe Dosis Knoblauch, die Giovanni gerade zu sich genommen hatte, würde sonst jeden aus dem Raum vertreiben. Ganz zu schweigen von den anderen Zutaten, die jetzt sicher ein paar Stunden aus seinem Körper ausdünsten mussten.

Sonst machte er das immer Sonntag früh und war danach für den Rest der Woche bereit, doch nun duldete das keinen Aufschub, denn noch einmal wollte er Anna nicht derart enttäuschen.

Zuerst ging er zur Dusche ins Bad hinüber und unter dem warmen Strahl der Brause zeigte sich, dass eine Heilung bereits eingesetzt hatte.

Durch das Einseifen kam sein kleiner Freund vorn hoch und meldete sich hocherhobenen Hauptes zum Einsatz zurück.

Nun musste nur noch der üble Geruch verschwinden.

Eine halbe Stunde später saß er in der Sauna, die sich schon bald darauf leerte.

Zwei sehr hübsche Frauen waren die letzten Kundinnen, die es mit ihm in dem Raum aushielten. Vermutlich kämpfte bei ihnen gerade der Ekel vor seiner Ausdünstung mit dem Anblick seiner Nacktheit.

Sie waren beide blond, wohlgeformt, langhaarig und äußerst attraktiv.

Und er musste sich nun darauf konzentrieren, dass sein kleiner Freund ihm nicht zu viel Ärger brachte, denn gelegentlich, zuckte er kurz zwischen seinen Beinen hoch.

Die glänzenden Augen der beiden Frauen zeigten ihm, dass sie dadurch nicht peinlich berührt waren.

Im Gegenteil! Während die eine noch die Beine übereinander geschlagen hatte, öffnete die andere schon die Schenkel ein Stück für ihn. Tief ließ sie ihn dabei in ihre dunkelrote und vor Lust geschwollene Scham blicken.

An jedem anderen Tag zuvor hätte er auf sie reagiert, ohne dass es ihm peinlich gewesen wäre, doch mit dem Bild von Anna vor seinem inneren Auge hatte er für die Attraktivität der beiden nackten Schönheiten nicht den Blick, den sie sich gern von ihm versprochen hätten.

Allerdings bemerkte er an ihrer Körperhaltung auch, dass die beiden wohl nur kurz davor waren, sich das zu holen, was sie haben wollten.

Wie ein Raubtier leckte sich die eine schon lüstern über die Lippen!

Obwohl Giovanni stark war, würde er wohl kaum gegen die beiden Frauen ankommen.

Und auf sein Glied konnte er nicht mehr vertrauen. Eine Berührung und es würde steil nach oben zeigen!

Um diese beiden Frauen zu vertreiben und um nicht noch mehr Ärger zu bekommen, machte Giovanni einen Aufguss mit Eukalyptus, der die Nase frei machte.

Die ätherischen Dämpfe gingen bis ins Gehirn und überlagerten seinen Gestank.

Mit der fast leeren Sauna konnte er diesen Aufguss wagen. Mit einer gefüllten hätte er wahrscheinlich sofort alle Gäste vertrieben.

Doch die beiden Frauen blieben!

Gierig ruhten die Blicke der beiden auf seinem nackten Unterleib, wodurch er sich genötigt sah, ein Handtuch darüber zu decken, aber das würde wohl kaum etwas gegen sie nützen.

Zu seinem Glück saßen ein paar Minuten später auch wieder einige andere Frauen in dem Raum und retteten ihn vor den beiden schon fast vor Gier sabbernden Raubkatzen.

Um sich von den Nackten abzulenken, wandte Giovanni sein Gesicht dem Fenster zu, doch dort davor erblickte er den Berg!

Da, auf halber Höhe, befand sich jene Schutzhütte.

Sofort war er wieder bei Anna und in ihr.

Durch den Gedanken an sie und jenen Morgen dort oben am Hang war nun die schmerzhafte und gigantische Erektion nicht mehr zu vermeiden.

Giovanni setzte sich auf, beugte sich nach vorn und zog das Handtuch fester um seine Hüften, damit es nicht doch noch Beschwerden geben würde.

Dennoch war das Zelt nicht zu übersehen und die Blicke der beiden zweifellos ausgesprochen hübschen Ladys verweilten auch noch auf dieser Stelle.

Es wäre jetzt wohl besser für alle, den Rest des Mittels im Fitnesskeller auszuschwitzen!

Giovanni erhob sich vorsichtig, schob sich seitwärts an den Frauen vorbei, deren Blick ihm allerdings folgte. Er konnte es im Rücken spüren.

Und die beiden folgten ihm!

Das zeigte ihm nur die Absichten dieser beiden Schönen. Sie waren sicher noch keine dreißig und ihre Gesten sollten ihn wohl zeigen, dass er bei ihnen gute Chancen hätte, doch er wollte Anna!

Im Fitnessstudio trainierten auch andere Männer, was ihn wohl vorerst rettete.

Zwei Stunden lang schwitzte er in einer Ecke des Raumes. Vorwiegend sitzend.

Die beiden Frauen übten abwechselnd auf einem Laufband in seiner Nähe. Offenbar waren es Freundinnen, die hier gemeinsam Urlaub machten und sie hätten sicher nichts dagegen, ihn sich zu teilen.

Zumindest deutete er ihre Bewegungen und Andeutungen so. Aber das, was die Sporthose gerade verbarg, das war nur noch für Anna bestimmt.

Allerdings verschwand die Erektion auch beim Training nicht!

Offenbar hatte er sich in der Dosis geirrt, denn es wurde langsam ziemlich schmerzhaft.

Giovanni blieben nur zwei Alternativen: Er konnte sich einen Eisbeutel in den Schoß fallen lassen, oder mit den beiden Frauen in der Abstellkammer verschwinden.

Mit Anna in der Nähe wäre seine Entscheidung klar gewesen, doch ohne sie kippte er sich einfach eine eiskalte Cola über die Hose.

Er hatte den Eindruck, dass es hätte zischen müssen, doch es half! Und damit hatte er auch einen Grund, sich schnell zu verdrücken und auf sein Zimmer zu fahren, bevor die kühlende Wirkung der Eiswürfel abklingen konnte.

In seinem Raum stand er dann unter der Dusche, die er auf eiskalt gestellt hatte. Das half ebenfalls und der Geruch verschwand gleichermaßen.

Damit blieb nur zu hoffen, dass er beim Servieren des Abendessens nicht dasselbe Problem erneut haben würde.

Bei Anna in der Nacht wäre es die gewünscht Reaktion, aber im Speisesaal? Wo er an die Tische treten musste?

Mit Annas Bild vor seinem inneren Auge lag er wenig später auf dem Bett.

Das Sehnen in seiner Brust war nun stärker, als das Begehren in seinem Unterleib. Erneut musste er daran denken, dass ihm nicht mal mehr eine Woche Zeit blieb, um etwas zu tun, was Anna zeigen würde, dass er sie liebte.

Und was dann?

Immer wieder schweiften seine Gedanken ab und es war schwierig, sich auf die Lösung eines Problems zu konzentrieren, wenn das gesamte Blut gerade an einer anderen Stelle versammelt war.

Breitbeinig stelzte Giovanni zum Bad hinüber und verschaffte sich schnell mit der Hand Erleichterung von seiner selbst verursachten Qual.

Aber noch bevor die Toilettenspülung geendet hatte, war das Problem erneut da.

Was in der Nacht perfekt gewesen wäre, das trieb ihn nun in den Wahnsinn.

Sollte er nach oben zu Anna fahren? Vielleicht war sie ja da? Aber es würde sicherlich peinlich, mit dem Lift zu fahren, wenn die Hose vorn 15 cm vom Körper ab stand.

Und die fünf Stockwerke über die Treppe nach oben zu steigen war damit ebenfalls unmöglich.

Gab es in Omas Buch nicht auch noch ein Gegenmittel?

22. Kapitel

Mit Wut im Bauch

---

*D*ie Stirn gegen das kalte Glas gelegt stand Anna an der großen Fensterfront und war einfach nur wütend. Auf sich selbst, auf Giovanni und auch auf Britta.

Die andere Frau trat gerade hinter sie und sagte noch: „So wie er hat es mir bisher noch keiner besorgt. Du solltest genießen, was er dir zu bieten hat, denn öfter als zwei Nächte wird er wohl nicht in dein Bett kommen!"

Anna war viel zu durcheinander, um darauf zu antworten. Jedes Wort wäre falsch gewesen. Und dann noch hier im Poolbereich, wo mehr als ein Dutzend Frauen rings um sie herum auf den Liegen ruhten.

Mit wie vielen davon war Giovanni wohl schon im Bett gewesen? Mit allen? Vielleicht!

Sie musste von hier fort!

Anna drückte Britta ihr Getränk in die Hand, schnappte sich den Bademantel und rannte aus dem Wellnessbereich nach vorn.

Doch wo sollte sie hin?

Hier im Hotel bestand gerade überall die Möglichkeit, auf Giovanni zu treffen und den Knall der darauf folgenden Explosion würde man sicher noch in hundert Kilometern Entfernung deutlich hören können.

Vor einer Stunde waren sie noch ein Herz und eine Seele, sie war ihm so nahe gewesen, wie man näher nicht sein konnte, nun waren sie wie Feuer und Wasser.

Ein unvermitteltes Zusammentreffen würde in ihrem derzeitigen Zustand verheerend sein.

Gerade wollte Anna an der Rezeption vorbei zum Lift eilen, als ihr Blick durch die Glasfront auf das Dorf zu Füßen des Hotels fiel.

Dort unten wäre sie nicht in seiner Nähe. Und es war sicher draußen auch kalt genug, dass sich ihr Gemüt abkühlen konnte, um dann mit einer rationalen Antwort dem Mann gegenüberzutreten.

Anna fuhr auf ihr Zimmer, zog sich warm an und war ein paar Minuten später an dem Anmeldetresen.

Als sie an den Tisch trat, erklärte sie: „Können sie meinen Eltern bitte sagen, dass ich in das Dorf hinuntergegangen bin? Ich will mir mal die Häuser ansehen und etwas shoppen!" Dabei versuchte sie so ruhig wie möglich zu sein, obwohl es in ihrem Inneren noch immer heftig brodelte.

„Das mache ich gern!", erwiderte die Frau an der Rezeption und setzte noch hinzu: „Unten im Dorf gibt es einen guten Bäcker mit Café. Meine Schwester betreibt den Laden. Wenn sie möchten, dann können sie dort auch warten und hier anrufen. Da holt sie dann jemand von uns dort ab. So müssen sie nicht den Weg den Berg wieder herauf laufen!"

Danach schob die Frau ihr eine Visitenkarte des Hotels mit der Telefonnummer zu und Anna nickte.

Ein paar eilige Schritte später stand sie auf dem Platz vor dem Hotel. Die kalte Luft des Wintertages zwickte sie in Nase und Wangen.

Auf dem Idiotenhügel übten ein paar Kinder mit einem Lehrer und erneut musste Anna an Giovanni denken.

Das war alles so unfair!

Ihr Kopf wusste, dass er sie nur benutzt hatte, doch ihr Bauch wollte einfach mehr von dem Mann und ihr Schoß schrie fast nach seinen Bemühungen.

Noch nie zuvor hatte sie sich bei einem Mann so wohl gefühlt, wie bei Giovanni und dennoch sagte ihr Verstand jetzt deutlich „Nein!"

In ihren Gedanken vertieft schritt sie langsam und vorsichtig den Hang hinab.

Der Eisprung war vorbei, die Hormone hatten Sendepause und das Hirn gewann nun zunehmend die Kontrolle über ihren Körper zurück.

Damit war sie wieder die intelligente Frau und nicht das von Emotionen getriebene Geschöpf der Lust.

Die seit Jahrmillionen in allen Lebewesen verankerten Instinkte versanken für die nächsten 28 Tage in den Tiefen ihrer Eingeweide und der sachliche Kopf schrie sie ständig an. Die Zweifel und die Vorwürfe waren ununterbrochen in ihrem Gehirn.

Natürlich hatte Giovanni ihr nicht gesagt, dass er es auch mit unzähligen anderen Frauen im Hotel trieb, aber sie hatte einfach vorausgesetzt, dass er ehrlich zu ihr war.

Genaugenommen hatte Giovanni gar nichts gesagt. Anna hatte die Initiative übernommen und der Mann hatte nur so reagiert, wie sie es haben wollte. Männer!

Und die Hormone hatten einfach dafür gesorgt, dass sie es genossen hatte.

Nun war alles anders. Anna fühlte sich hintergangen und ausgenutzt.

Giovanni hätte ihr einfach sagen sollen, dass es ein Teil des erweiterten Zimmerservices gewesen war.

Er hätte es ihr sagen müssen!

Am Abend zuvor hatte sie sich wie eine Escortlady gefühlt und dabei war Giovanni doch nur ein besserer Callboy.

Ein Anruf und er erschien. Mit steifem Schwanz und bereit für den Sex!

Musste man diese Art von Dienstleistung auch noch separat bezahlen?

Wie viel kostete wohl ein Orgasmus so bei ihm?

Der Zorn aus ihrem Bauch war nun zu einer Wut in ihrem Kopf geworden und auch die kalte Winterluft half da nicht dagegen.

Anna musste ihn aus ihrem Herzen reißen! Eine schmerzhafte OP stand bevor, aber nicht im Krankenhaus. Da würde Giovanni höchstens landen, wenn er jetzt vor ihr stehen würde!

Susi hätte den Kummer mit Shopping ausgeglichen, doch so jemand war Anna einfach nicht.

Mittlerweile hatte sie das Dorf erreicht und ging durch die Einkaufsstraße. Kleine schmucke Läden lagen da links und rechts, aber in deren Schaufenstern spiegelten sich nur Annas Augen.

Jeder Blick in ihr Gesicht sagte, dass sie sich wie eine Schlampe benommen hatte und nicht wie die rationale Studentin, die Ärztin werden wollte.

Sollte sie das als Erkenntnis verbuchen?

Vielleicht!

Mit jedem Schritt verrauchte die Wut und wich einer neuen Einsicht: Anna würde dem

Mann einfach konsequent aus dem Weg gehen. Sie würde das Ganze als Erfahrung nehmen.

Vielleicht war es auch etwas, was ihr zukünftig einmal nutzen konnte, denn so konnte sie vielleicht später besser auf die Patientinnen eingehen, die zu ihrer Beratung kommen würden.

Bei diesem befreienden Gedanken war sie am Ende der Straße angekommen und stand vor dem Bäckerladen, den die Frau an der Rezeption erwähnt hatte.

Ein Kaffee und etwas Kuchen wären jetzt vielleicht genau das, was ihr Bauch als Ersatz für den Sex brauchen konnte.

Süßes ging immer!

In ihrer Jackentasche ertastete sie die Schokolade und fluchte leise vor sich hin.

Anna warf die Reste der Tafel in einen Papierkorb, betrat den Laden und auf ihrer linken Seite befand sich ein gemütliches kleines Café.

Sie setzte sich an einen der Tische und bestellte sich ein großes Stück Apfelkuchen mit viel Sahne und einen Cappuccino.

Danach fiel ihr Blick aus dem Fenster und sie erkannte den Berg, an dessen Hang sich diese verdammte Schutzhütte befand.

Geschwind wechselte sie auf die andere Seite des Tisches.

Von hier aus war das Dorf mit dem Berghang auf der anderen Seite zu sehen.

Ihr Essen kam schnell und der Kuchen war lecker. Anna genehmigte sich noch ein zweites Stück und zog dann die Visitenkarte hervor.

Als die Bedienung zum Tisch kam, fragte die Frau: „Soll ich bei meiner Schwester anrufen, dass sie abgeholt werden?" Dabei zeigte sie auf die Karte.

„Nein! Ich laufe hinauf. Dieser leckere Kuchen muss auch wieder von meinen Hüften!", antwortete Anna.

Die Bedienung nickte ihr freundlich zu.

Anna bezahlte mit dem hundert Euro Schein.

Giovanni war ihr nun völlig egal, aber sie würde ihm am Abend noch gründlich ihre Meinung sagen!

23. Kapitel

Schmerzliche Ignoranz

Vor dem Hotel stieg Anna aus dem Auto. Lange hatte sie noch in dem kleinen Café gesessen und mit der Bedienung über belanglose Dinge geplaudert, bis die Frau ihre Bäckerei schließen wollte.

Anna hatte sich entgegen ihrer ersten Absicht dann doch für das Fahrzeug entschieden, obwohl sie beinahe erwartet hatte, dass Giovanni hinter dem Steuer saß. Doch es war eine ältere Frau gewesen, die sie abgeholt und zurück zum Hotel gebracht hatte.

Langsam fiel schon die Dämmerung über das Tal und nur der Berghang mit dem Gästehaus lag noch in den letzten Strahlen der Sonne. Aber mit jedem Schritt, mit dem sie sich dem Haus näherte, wurde es dunkler und als sie die Lobby betrat, flammten drinnen die Leuchter auf.

Damit würde nun das Abendessen folgen und auch der Moment, in dem sie Giovanni wiedersehen würde.

Der würde es sich sicherlich nicht nehmen lassen, sie persönlich zu bedienen. Oder er hatte schon ein neues Ziel im Blick und würde daher eine andere Frau beglücken.

Die zwei obligatorischen Nächte, von denen Britta gesprochen hatte, waren ja nun vorbei.

Anna fuhr auf ihr Zimmer, zog sich um und war wenig später bei den Eltern am Tisch.

Obgleich sie Giovanni ignorieren wollte, suchten ihre Augen die Gestalt des Mannes unter den am Ausgabetresen stehenden Kellnern.

Aber er war noch nicht dort.

Das ungute Gefühl in ihrem Bauch wurde wieder stärker. War er gerade mit einer anderen Frau beschäftigt und verspätete sich deshalb?

Das Grummeln intensivierte sich weiter und der durch den Apfelkuchen eigentlich besänftigte Zorn ballte sich erneut in Annas Magen zusammen.

Sollte sie ihn suchen und zur Rede stellen? Hier? Vor allen anderen Gästen? Oder sollte sie warten, bis er eventuell am Abend an ihrer Tür klopfen würde?

Würde sie da nicht vielleicht abermals schwach werden und ihr Schoß würde sich dann ohne Rücksicht holen, was er kriegen konnte?

Konnte Anna das riskieren? Was wäre, wenn sie Auge in Auge mit ihm stand und erneut die Hormone die Steuerung übernahmen?

Dann würde sie sich am nächsten Tag nur noch mehr dafür hassen.

Auf der Hütte und in der Nacht zuvor war es ihr noch nicht bekannt gewesen, was Giovanni für einer war, doch nun wusste sie es! Und das würde nur dazu führen, dass sie sich selbst am nächsten Morgen für ihr Tun verabscheuen würde.

Also blieb ihr nichts anderes übrig, als ihn vor Zeugen zur Rede zu stellen.

Mit einem Auge blieb sie daher bei den Kellnern und mit dem anderen bei ihrem Fisch, was nur dazu führte, dass sie sich an ihrem Essen verschluckte und hustend versuchte wieder Luft zu bekommen.

Die Mutter musste sie mit einem Schlag auf den Rücken retten und ihr missbilligender Blick war schon Strafe genug.

Endlich tauchte der Mann an der Ausgabe auf. Anna legte die Gabel zur Seite, erhob sich von ihrem Stuhl und ging die zwanzig Schritte.

Giovanni sah ihr freudestrahlend entgegen und dieser Blick aus seinen Augen wollte den Zorn in ihr schmelzen.

Nur mit Gewalt hielt sie ihren Verstand fest und trat vor ihn hin. Ungeachtet der anderen Kellner fuhr sie ihn schroff an: „Hat es dir eigentlich Spaß gemacht, mich zu verarschen?"

Das Lächeln gefror auf seinem Gesicht.

„Wieso?", stammelte er.

„Britta hat mir alles erzählt!", gab sie zornig zurück und hielt die Gefühle zurück.

„Welche Britta?", fragte er.

„Du kannst dich noch nicht mal an sie erinnern? Kleine Frau, rote Haare, große Brüste? Die Frau, die du vor mir flachgelegt hast!"

Sein Unterkiefer klappte herab und so würde er keine Antwort geben können.

Ringsum war eine Stille, dass man einen herunterfallenden Teebeutel hätte hören können.

„Sie hat mir erzählt, dass du sie erst vor ein paar Tagen zum besten Orgasmus ihres Lebens gevögelt hast! Wie bei mir hast du auch sie zwei Nächte hintereinander im Bett gehabt! Deine Kollegen nennen dich Casanova und sie führen eine Strichliste, wie viele Frauen du so rumbekommen hast. Ein DIN-A4-Blatt soll schon voll sein und ich möchte da kein Strich darauf sein!"

„Aber Anna…", begann er.

„Den Namen hast du dir ja wenigstens gemerkt! Ich möchte, dass du dich von mir fern hältst, wenn ich dir nicht kräftig in die Eier treten soll!", gab sie unwirsch zurück, drehte sich um und ging zu ihrem Fisch zurück.

Am Nebentisch lächelte Britta spöttisch.

Es würde ein Wort reichen und Britta wäre die nächste, die Anna anschreien würde, doch die rothaarige Frau wandte sich ihrem Salat zu.

Vermutlich hatten es alle in der Raum gehört. Damit würden wohl Giovannis Chancen, hier noch einmal bei den Frauen zum Schuss zu kommen, gerade ziemlich stark sinken. Oder er würde nur noch die richtigen Frauen treffen.

Mutter zog eine Augenbraue hoch und Vater tat unbeteiligt. Sie beide wussten sicherlich, dass sie nun keine Fragen stellen durften. Und schließlich war Anna ja nun auch erwachsen und keine zehn Jahre mehr!

Anna blickte zurück und Giovanni stand immer noch an der Ausgabe. Sein Gesicht schien wie gefroren zu sein. Einer seiner Kollegen zog ihn nach hinten aus ihrer Blickrichtung.

Beinahe hätte sein Dackelblick ihren gerade um ihr Herz gezogenen Schutzschild schmelzen lassen, aber es war die richtige Entscheidung gewesen, die Aussprache hier zu suchen.

Allein im Zimmer hätte er sie sicher jetzt schon umgestimmt.

Mutter sagte weiterhin nichts. Sie blickte nun nur ebenfalls in die Richtung der Kellner, aber Giovanni war schon nicht mehr zu sehen. Fragte sie sich gerade, was da wohl geschehen war? Anna würde es ihr nicht sagen, denn es war einfach viel zu peinlich, wie sie sich verhalten hatte.

Nicht das hier in dem Speisesaal, sondern das sie auf diesen Casanova hereingefallen war.

Hatte sie es wirklich so nötig gehabt?

Sie schob die Gedanken weit von sich.

Mit jedem Bissen von dem leckeren Rotbarsch zog Anna eine weitere Kette um ihr Herz und beim Dessert beschloss sie, Giovanni einfach konsequent aus dem Wege zu gehen.

Das würde in diesem Hotel allerdings schwierig werden.

Damit blieb nur noch, in ihrem Zimmer zu lernen. Oder in das kleine Dorf hinunterzugehen. Eventuell auch noch allein Schlitten oder Ski zu fahren.

Der freudvolle Teil des Urlaubs war damit vorbei. Die zweite Woche würde ziemlich trist, aber sie musste es durchhalten, um sich nicht später Vorwürfe machen zu müssen.

Obwohl sich eigentlich Giovanni wie ein geprügelter Hund fühlen müsste, war es gerade Anna in dieser Art zumute und Brittas süffisantes Lächeln traf da nur wie ein erneuter Keulenhieb.

Ohne ein Wort erhob sich Anna vom Tisch, nickte der Mutter zu und ging.

Während die rothaarige Frau gerade einen anderen Kellner küsste, schlich Anna an ihr vorbei zum Lift.

Jetzt wollte sie erst einmal niemanden sehen. Sie schloss sich in ihrem Zimmer ein, verbarrikadierte die Tür und ließ sich heulend auf ihr Bett fallen.

Wenig später klopfte es an der Tür und sie brüllte: „Verschwinde!"

Das nass geheulte Kopfkissen flog in seine Richtung. Das Handbuch der Gynäkologie folgte, prallte gegen die Tür und fiel zu Boden.

„Bitte Anna!", hörte sie von draußen.

„Verschwinde endlich, du Schwein!", rief sie und presste sich das andere Kissen auf die Ohren.

Heulend und mit sich selbst kämpfend lag sie im Bett. Der Verstand wollte die Tür geschlossen hatten und der Schoß schrie nach dem Mann.

Es würden schwere Tage werden, in denen sie Giovanni ignorieren musste.

24. Kapitel

Schuldig!

&s hatte ihn hart getroffen. Bis vor ein paar Minuten hatte Giovanni noch auf eine Fortsetzung der letzten Nacht in dieser gehofft und nun stand er vor Annas verschlossener Zimmertür.

Was war da los? Hinter ihm ging Peter mit der kleinen Rothaarigen auf deren Zimmer und es schien Giovanni so, als hätte der andere Kellner ihn hämisch angelächelt.

Langsam zog er da eine Verbindung, denn am Morgen, als alles noch gut gewesen war, da hatte die Frau neben Anna am Pool gesessen. Hatte Peter ihr etwas erzählt und war das die Rache der Frau gewesen?

Es schien ihm so. Doch wenn dem wirklich so war, dann hatte sie ja nur die Wahrheit gesagt.

Natürlich war er ein Schwein gewesen, der alles gevögelt hatte, was nicht nein gesagt oder bei drei auf dem Baum gewesen war.

Doch das war ja nun vorbei.

Seit er mit Anna auf der Hütte gewesen war, ja eigentlich schon davor, war Giovanni anders. Er hatte Anna nicht betrogen! Alles andere war hinter ihm und längst vorbei!

Wie ein geprügelter Hund schlich er zu seinem Zimmer und setzte sich an den Tisch. Er grübelte nach, was er tun konnte, um ihr alles zu erklären.

Wenn sie nicht mit sich reden ließ, dann würde sie vielleicht einen Brief von ihm lesen, wenn er ihr diesen ins Zimmer legte.

Giovanni suchte Papier und Schreibzeug.

Mit dem Kugelschreiber in der Hand überlegte er, ob es mit dem Füller nicht besser aussehen würde. Schnell zog er das edle Stück, das ihm die Mutter vor Jahren zum Geburtstag geschenkt hatte, aus dem Etui.

Giovanni begann sich alles von der Seele zu schreiben. Seite für Seite füllte er mit seinen Gedanken, bis es fünf Blätter waren und die Uhr schon vier Uhr früh anzeigte.

Sein ganzer Kummer und seine ganze Liebe zu Anna steckten nun in diesen Zeilen, die er sich noch einmal durchlas.

Alles war richtig und es war keine Entschuldigung im eigentlichen Sinne geworden, sondern gewissermaßen ein großer Liebesbrief und beim Lesen stellte er erst fest, wie tief diese Liebe zu Anna ihn schon erfasst hatte.

Vor ein paar Tagen war er nur darauf aus gewesen, sie ins Bett zu bekommen. Nun wusste er, dass er für sie viel tiefere Gefühlte hegte.

Jeder Gedanke an die geliebte Frau riss die Wunde in seinem Herzen abermals auf. In ein paar Stunden würde er an ihrem Tisch stehen und ihr das Frühstück servieren.

Oder sollte er diesen Moment dazu benutzen, um ihr den Brief in ihr Zimmer zu legen?

Es würde vielleicht einen Sinn ergeben, ihr erst einmal aus dem Weg zu gehen, bis sie diese Zeilen gelesen hatte. Dann konnte er versuchen, sie erneut für sich zu gewinnen.

Giovanni ging unter die Dusche und hockte sich unter den Strahl der Brause. Er erinnerte sich daran, wie er fast 24 Stunden zuvor mit Anna unter der Dusche gestanden hatte. Da war noch alles in Ordnung gewesen.

Nun war sein Leben praktisch zerstört und dieser Brief war seine letzte Hoffnung.

Wenig später zog er sich an, schlich mit dem Brief nach oben und versteckte sich auf ihrem Flur, bis sie mit verheulten Augen an ihm vorbei zum Lift ging. Beim Anblick ihres Gesichtes zog es erneut in seinem Herzen, denn er trug die Schuld an ihrem Kummer!

Nachdem sie im Aufzug verschwunden war, huschte er in ihr Zimmer, versteckte den Brief in ihrem Buch und beschloss, für den Rest des Tages irgendwo draußen zu sein, damit er nicht zufällig mit ihr zusammentreffen würde.

Giovanni meldete sich bei Karola ab, zog sich an, schnallte sich die Ski unter und lief einfach los.

Ohne Ziel und Zweck, nur mit der Absicht, Anna nicht zu treffen, bevor sie den Brief gelesen hatte.

Das würde sie sicherlich am Abend und damit konnte er erst am nächsten Morgen versuchen, sie von sich zu überzeugen.

Er lief und lief und lief.

Vor seinen Augen hatte er nur ihr Bild. Das vom Tage zuvor, wie glücklich sie in seinen Armen gewesen war. Und das vom Morgen, als sie so bekümmert an ihm vorbei gegangen war.

Er musste ihre Traurigkeit unbedingt wieder in Glück verwandeln.

In seinen Gedanken suchte er schon nach Ideen, sie langsam abermals auf seinen Weg zu bringen.

Der Brief wäre der Anfang. Und danach?

Alle möglichen Optionen sausten durch seinen Kopf, wurden bewertet und verworfen. Oder für gut befunden und gemerkt.

Stundenlang war er gelaufen, als er bemerkte, wie weit er sich von dem Hotel schon entfernt hatte. Es würde schwierig werden, noch vor der Dämmerung zurück zu sein.

Nun brauchte er eine andere Übernachtungsmöglichkeit und daher suchte er in Gedanken die Schutzhütten der Gegend ab.

Bis zu welcher davon würde er es noch schaffen?

Mit einem kleinen Umweg eilte er zurück und kam mit dem Sonnenuntergang genau bis zu jener Hütte, die er sich als Stopp für die Nacht ausgesucht hatte.

Sein Verstand funktionierte also noch einwandfrei, wenn er es musste.

Beim Eintreten in die Hütte bemerkte er, dass sie genauso eingerichtet war, wie die Andreashütte oben am Hang. Und damit wurde er erneut schmerzlich an das erinnert, was er durch sein Versagen zerstört hatte.

Er hätte es Anna in der Hütte sagen müssen. Und zwar, bevor es zum Sex mit ihr gekommen war!

Giovanni setzte sich auf die Bank und heizte den Ofen an. In die Flammen sehend dachte er an den Abend mit Anna in der Hütte. Da hätte er alles erzählen müssen. Dadurch hätte er Peter den Wind aus den Segeln genommen, doch dann wäre Anna vielleicht vor ihm zurückgeschreckt und in der winzigen Hütte hätten sie sich bei dem Schneesturm nicht aus dem Weg gehen können.

Die Tür öffnete sich und zwei junge Frauen kamen verfroren in die Hütte. Offenbar hatten sie sich verlaufen und den Schein der Lampe durch das Fenster gesehen.

Die beiden setzten sich auf die Bank und wärmten sich die Hände am Feuer.

Schnell übernahm Giovanni seine Funktion als Bergführer und versorgte sie mit heißem Tee, Suppe und Zwieback.

Auch das war genauso, wie bei Anna. Doch die Pflicht hielt nun den Schmerz zurück.

Die beiden Frauen waren recht hübsch und ein paar Tage zuvor hätte der alte Giovanni die Situation der beiden hilflosen Frauen sicher schamlos für einen flotten Dreier ausgenutzt.

Der neue Giovanni war fürsorglich um sie bemüht und versuchte ihnen einfach zu helfen.

Selbst als sie in Unterwäsche unter die Decken schlüpften und demonstrativ die Decke für ihn hochhielten, blieb er zurückhaltend und schlief in dieser Nacht alleine auf der Bank.

Er wollte keinen Sex mit den beiden Frauen, er wollte Anna!

25. Kapitel

Gefühle im Umbruch

*D*as war alles so unfair! Anna lag in ihrem Bett, draußen schien die schönste Sonne, aber sie wollte einfach den Raum nicht verlassen. Mit ihrem Kummer hatte sie sich in ihrer Burg verbarrikadiert! Niemanden wollte sie sehen und noch nicht mal zum Mittag war sie nach unten gegangen.

Nach dem Frühstück hatte sie sich eingeschlossen und nun versuchte sie, in einem Buch etwas für ihr Studium zu lernen. Das Lehrbuch der Gynäkologie, mit dem ja das ganze Desaster begonnen hatte, das hatte sie nach dem Frühstück ungesehen vom Nachttisch in den Koffer gepackt.

Die nächsten Tage wollte sie nichts mehr vom weiblichen Orgasmus wissen!

Und dennoch, oder gerade deswegen, zog es ihre Gedanken immer wieder zu der kleinen Hütte, in der sie diese Freuden erst so richtig bewusst erkannt hatte, wenn man dabei vom „bewussten Erkennen" sprechen konnte.

Es war herrlich, göttlich, ekstatisch und unglaublich schön gewesen. Und daher schmerzte es sie nur umso mehr!

Wenn es mit Giovanni so gewesen wäre, wie es immer mit ihren anderen Freunden war, dann hätte sie ihm keine einzige Träne nachgeweint. Aber so?

Erst wenn man wusste, was einem entgehen konnte, dann konnte man auch etwas vermissen.

Anna verprügelte ihr Kopfkissen, aber das konnte ja nichts für diese Misere. Und während ihr Kopf versuchte diese Katastrophe zu verarbeiten und einfach nur dachte: „Das elende Schwein!", da wollte ihr Schoß einfach nur erneut von dieser bis von ein paar Tagen unbekannten Frucht kosten.

Kopf und Schoß stritten miteinander, der Bauch versuchte dazwischen zu schlichten, aber Anna zerriss es fast dabei.

Es war so unbeschreiblich schön gewesen, sich einfach nur fallen zu lassen. Nichts tun zu können. Einfach nur zu fliegen!

Oft hatte sie es sich vor Prüfungen selbst gemacht, um die Anspannungen und den Stress abzubauen, aber das war einfach kein Vergleich.

Bisher hatte sie es einfach nicht gewusst, wie es anders sein konnte. Und schon wieder schrie ihr Schoß und wollte befriedigt werden.

Susi würde in ihrer manchmal etwas vulgären Sprache sagen: „Sich einfach bis zur Besinnungslosigkeit durchficken zu lassen!" Von einem Orgasmus zum nächsten zu fallen, bis man einfach nicht mehr konnte. So, wie es Anna in jener Hütte erlebt hatte. Da oben am Berg!

Oder in dieser göttlichen Nacht danach, genau in diesem Bett! Sie hatte gebettelt, dass er aufhören sollte, weil sie einfach nicht mehr konnte. Und nun?

Und mit diesem Gefühl ihrer gerade neuerdings tropfnassen Vulva sollte sie sich auf eine wissenschaftliche Abhandlung zum Laborbetrieb unter Klinikbedingungen konzentrieren?

Entnervt schlug Anna das Buch zu.

Es war zum Verzweifeln!

Ihre Finger tasteten sich zu ihrem Slip und sie spürte ihre geschwollenen Labien durch den nassen Stoff hindurch.

Erneut durchzuckte es sie, als hätte sie ein Stromschlag getroffen und einen Augenblick später lag sie mit dem Rücken im Bett und versuchte sich den Ärger davon zu streicheln, aber es ging nicht!

So sehr sie sich auch bemühte, der dumme Kopf verhinderte gerade, dass sie kommen konnte.

Nun kam zum Kummer auch noch die Wut dazu.

Alles in ihrem Körper schrie nun nach Erlösung. Nach Giovanni! Aber den wollte sie nicht so schnell wieder an sich heran lassen!

Dann fiel ihr die Behandlung ihres unteren Rückens wieder ein.

Sollte sie einfach nach oben fahren und sich massieren lassen?

Beim letzten Mal hatte das doch auch perfekt funktioniert. Aber ging das einfach so? Was hatte Karmen vor ein paar Tagen zu ihr gesagt? „Das passiert hier vielen Frauen. Das muss dir nicht peinlich sein!" War das so ein versteckter Hinweis darauf, dass Karmen ihr auch bei diesem Problem Abhilfe schaffen konnte?

Aber wie sollte Anna das anfangen? Susi würde einfach hingehen und sagen: „Ich habe es mal wieder nötig!"

Stöhnend stemmte sie sich aus dem Bett und ihr Blick fiel auf den kleinen Zimmerspiegel. Zuerst musste Anna ins Bad, um die Tränen abzuwaschen, denn sonst würde sie da oben als völlig verzweifelte und frustrierte Frau erscheinen.

Zum Glück war der Massagebereich für Männer und Frauen getrennt und damit würde sie Giovanni auf keinen Fall begegnen.

Anna zog sich einen Bademantel über ihre Unterwäsche, suchte sich zuvor aber ein neues Höschen aus ihrem Schrank.

So gekleidet fuhr sie eine Etage nach oben und betrat den Raum.

Ihre Augen suchten darin nach Karmen, denn zu ihr hatte sie ja nun schon etwas mehr vertrauen. Alsdann erblickte sie den dunklen Zopf der Masseurin.

Zögerlich trat sie auf die Frau zu und wusste für einen Moment nicht, wie sie beginnen sollte und Karmen wartete auf ihren Wunsch.

„Ähm! Ich würde mich gern massieren lassen", erklärte Anna nach ein paar Augenblicken.

„Was für eine Massage hättest du denn gern?", fragte Karmen zurück und setzte gleich hinzu: „Wieder der Rücken?"

„Diesmal nicht. Das Problem sitzt etwas tiefer!", antwortete Anna.

„Dann komm erst mal in die Kabine!", entgegnete Karmen und zeigte mit der Hand auf einen der freien Massageräume.

Nachdem die Tür hinter ihnen geschlossen war, fragte Karmen noch einmal: „Was soll es denn nun werden?"

„Eine Ganzkörpermassage zur Entspannung!", gab Anna ihr zurück und dabei spürte sie aber schon, wie ihr das Blut in den Kopf stieg.

„Mit oder ohne Happy End?", entgegnete Karmen.

Für einen Moment wusste Anna nicht, was die Frau damit meinte. Dann wurde es ihr schlagartig bewusst und noch mehr Blut stieg ihr in den Kopf. Ihre Ohren schienen nun förmlich zu glühen.

„Also mit!", erklärte Karmen lächelnd und zeigte auf die Massagebank.

Anna streifte sich den Bademantel von den Schultern und zog sich die Unterwäsche aus. Nackt legte sie sich mit dem Rücken auf die gepolsterte Bank, auf die Karmen nun ein weißes Frotteetuch gedeckt hatte.

Mit etwas Massageöl, das herrlich duftete, begann Karmen Annas Arme mehr zu streicheln als zu massieren.

Ihre zarten Finger verteilten das Öl auf den Schultern und dem Bauch. Annas Brüste wurden besonders zärtlich massiert.

Hatte das Giovanni nicht auch so gemacht? Bei dem Gedanken an ihn zogen sich ihre Brüste regelrecht zusammen und sicherlich konnte damit auch Karmen deutlich sehen, dass es Anna gefiel.

Von den Brüsten strichen Karmens Finger wieder sanft zum Bauch und dann die Oberschenkel entlang bis zu den Füßen hinunter. An den Innenseiten der Beine strich sie bis zu Annas Schoß zurück.

Karmen ließ ihre Hand auf dem kleinen gelockten Dreieck auf Annas Schambein länger ruhig liegen, als es nötig gewesen wäre, doch die Wärme ihrer Handfläche öffnete Annas Schoß noch viel weiter.

„Dreh dich auf den Bauch", sagte Karmen leise.

Nun waren ihr Rücken, die Schultern und der Po an der Reihe.

Anna hatte sich mit leicht gespreizten Beinen hingelegt und so glitten Karmens Hände auch zwischen ihre Schenkel.

Sie genoss diese intime Berührung und stöhnte dabei leicht auf. Anna spürte, wie sich ihr Schoß immer weiter öffnete und ihr Blut ihn zum Pochen brachte.

Mittlerweile war ihr ganzer Körper eingeölt. Noch einmal drehte sie sich auf Karmens Bitte auf den Rücken.

„Entspann dich und schließe die Augen. Genieße es einfach und lass dich fallen!", sagte sie leise und dicht bei Annas Ohr.

Die flüsternd melodische Stimme beruhigte ihren Kopf. Alles würde gut sein.

Mit sanft kreisenden Bewegungen ihre Fingerspitzen näherte sich Karmen langsam Annas Schambein.

Wie von selbst öffnete Anna die Schenkel und zog die Knie leicht an, um Karmen den Zugang zu ihrem Innersten zu gewähren.

Die Masseurin kam dieser wortlos ausgesprochenen Bitte auch wenig später nach.

Zuerst strichen ihre Finger über Annas geschwollene Vulva und danach glitten drei Finger vorsichtig in ihre Scheide.

Annas Stöhnen wurde lauter.

Gefühlvoll bewegte Karmen ihre Hand und es zog schon in Annas Körper.

Dann fiel ihr abermals ein, dass Giovanni sie an jenem Abend ähnlich verwöhnt hatte, aber der Kopf hatte Sendepause.

Der Schoß bettelte nach Erlösung! Und er schrie nach Giovanni! Es war so peinlich und doch so schön. Unbeschreiblich großartig!

Karmen wurde schneller und trieb Anna auf den Gipfel hinauf, aber eigentlich war es Giovanni, der sie nun zum Orgasmus brachte.

Was Anna zuvor in ihrem Zimmer selbst nicht geglückt war, das ging nun durch Giovanni spielend leicht.

Alles zog sich in ihr zusammen und Anna kam!

Keuchend, stöhnend und wimmernd warf sie sich unter Karmens Fingern auf der Liege hin und her.

Anna spürte, wie sie dabei regelrecht auslief und Karmen streichelte sie einfach weiter, bis die letzten Wellen verklungen waren.

Das war so herrlich.

Karmen zog langsam ihre Finger aus Anna zurück und breitete eine warme Decke über ihren erhitzten Leib.

Die Wärme tat so gut und Anna schlief fast sofort glücklich und entspannt ein.

Alles war gut!

Als Anna erwachte, war Giovanni fern. Wie gern hätte sie nun in seinem Arm gelegen. Aber der Verstand setzte erneut ein und der weigerte sich, den Mann an ihr Höschen zu lassen.

„Das war so unglaublich schön!", sagte Anna zu Karmen und gab ihr einen Kuss.

„Wenn du wieder etwas brauchst, ich bin hier!", deutete Karmen an.

Anna nickte ihr dankbar zu und nun würde sie vielleicht auch weiter in ihrem Buch lernen können.

26. Kapitel

Alles aus!

Sieben Tage lang hatte sich Giovanni darum bemüht, sich bei Anna für seine Handlungen zu entschuldigen. Er hatte vor ihr gekniet, sie angefleht, gebettelt und gejammert.

Alles hatte nichts genutzt.

Durch Peters Geschwätzt hatte Anna es erfahren, bevor er es ihr hatte sagen können. Dafür hatte Peter eine der Mixturen von Giovannis Oma bekommen, wodurch er zwei Tage lang keinen mehr hochbekommen hatte und Britta war in den zwei Tagen bis zu ihrer Abreise mit einem Schmollmund umhergelaufen, aber diese Rache hatte ihm keine Befriedigung gegeben.

Annas Ablehnung ihm gegenüber schmerzte viel zu sehr.

Giovanni hatte auf den heimlich in ihr Zimmer geschmuggelten Brief keine Reaktion von ihr erhalten.

Alles hatte er ihr darin erklärt und es hatte ihm nichts geholfen.

Er hatte ihr täglich Schokolade und Blumen vor die Tür gestellt, aber sie hatte diese demonstrativ in einem von ihr vor das Zimmer gestellten Eimer entsorgt.

Selbst ein dutzend rote Rosen hatten sie nicht erweicht.

Auch die edelsten Pralinen, die er bekommen konnte, hatten den Weg in den Mülleimer genommen.

Ihr abweisender Blick und eine Ohrfeige von ihr waren alles, was er noch von Anna erhalten hatte. Die Ohrfeige hatte nicht geschmerzt, denn sein Herz hatte sich schon vorher vom Kummer gequält zusammengezogen.

Seit jenem Abend hatte er keine Frau mehr angesehen und war nur noch mit hängenden Schultern durch die Gänge des Hotels geschlichen.

Er hatte es nicht geschafft, durch ihren Panzer hindurchzukommen.

Alles hatte nichts gefruchtet und nun ging Anna gerade wortlos und ohne einen Blick an ihm vorbei. Mit dem Koffer in der Hand zur Rezeption.

Sie reiste ab und es brach ihm erneut das Herz.

Er hätte sie aufhalten müssen, jetzt war der letzte Moment, um mit ihr zu reden und ihr seine Liebe zu gestehen, aber Giovanni konnte sich nicht von seinem Platz lösen.

Eine Säule gab ihm Halt und der Kummer schnürte seine Kehle zu.

Nur vier Schritte vor ihm bezahlte sie ihre Rechnung und danach blickte sie zu ihm zurück.

Hoffnung kam in ihm auf, als Anna zu ihm zurückkam.

Vor ihm stehend zog sie einen Geldschein hervor und sagte: „Wie viel waren die zwei Nächte bei dir Wert? Reichen da fünfzig Euro? Du hattest ja auch Ausgaben für Kondome und Schokoladenpudding und ich möchte dir nichts schuldig bleiben!"

Sie nahm seine Hand und legte den Schein hinein. Ihr Blick war dabei ziemlich böse und er erstarrte. Nun hätte er etwas sagen können.

Er hätte etwas sagen müssen, doch es kam kein Ton über seine Lippen.

Anna wandte sich zum Ausgang, nahm ihren Koffer und folgte ihren Eltern.

Die Tür schloss sich hinter ihr und Giovanni brach in die Knie. Die Säule stützte ihn nicht mehr.

Karola kam gelaufen und half ihm wieder auf, aber er hing wie ein Sack in ihrem Armen. Nur mit der Hilfe einer Reinigungskraft konnte Karola ihn auf einen Stuhl am Rande der Lobby bugsieren, auf den sie ihn absetzte und mit Wasser versorgte.

Sein Blick lag flehend auf der Tür. Würde Anna noch einmal zurückkommen?

Dreißig Minuten später stemmte er sich vom Stuhl und schwankte auf sein Zimmer.

Heulend fiel er in sein Bett. Warum war das Schicksal so grausam zu ihm. Die Liebe seines Lebens war einfach gegangen und er hatte sie nicht aufgehalten.

Nach Stunden hatte er sich so weit beruhigt, dass er sich bei Karola per Telefon für den Rest des Tages beurlauben konnte. Er raffte sich vom Bett, zog sich an und taumelte durch den leeren Flur.

Mit starrem Blick ging er an Karola vorbei, die ihn aufhalten wollte, doch er schob sie einfach zur Seite.

Sein Weg führte ihn aus dem Hotel zum Hang.

Obwohl es schon Nachmittag war, stieg er den Berg hinauf zur Andreashütte. Es war Irrsinn und an jedem anderen Tag hätte er jeden davon abgehalten, kurz vor dem Einbruch der Dämmerung auf einen Berg steigen zu wollen, doch er wollte Anna so nahe sein, wie es nur ging und in der kleinen Schutzhütte waren sie sich nahe gewesen.

Und wenn Anna ihn verschmähte, dann wäre es auch nicht so schlimm, wenn er draußen in der Kälte der Nacht erfror.

Erfrieren war ein sehr schöner Tod! Man schlief einfach ein, und alles war zu Ende!

Schritt für Schritt erklomm er den Höhenzug.

Schon bald schob sich die Dämmerung rings um ihn herum über den verschneiten Berghang und er stieg, verloren in seinen Gedanken, immer weiter aufwärts.

Was werden würde, das war ihm gerade völlig egal.

Mitten in der Nacht trat er in die Hütte, rollte sich in die Decken ein, die noch ihren Duft zu haben schienen und heulte wie ein Wolf.

Der Kummer musste heraus. Hier, auf dieser hölzernen Pritsche war er Anna so nahe gewesen. Nun war sie fern und er hatte nichts von ihr. Nur den Vornamen.

Keine Hoffnung auf ein Wiedersehen!

Giovanni hatte kein Feuer gemacht und die Kälte der Dunkelheit drang zu ihm hindurch.

Nur langsam kam der Verstand zurück und er informierte die Bergwacht im Tal.

Die Männer hatten schon vergeblich versucht, ihn zu finden und waren nun hörbar froh, dass er noch lebte.

Aber wie sollte dieses Leben ohne Anna nun für ihn weiter gehen?

Giovanni war vollkommen leer.

Alles war aus, denn sie war fort!

Hätte er noch mehr tun können? Nein! Giovanni hatte alles versucht, um Anna umzustimmen. Erneut ging er alles in Gedanken noch einmal durch. Es war aussichtslos gewesen. Er hätte es hier in dieser Hütte vor dem Aufbruch sagen müssen. Nun war es zu spät!

Nie wieder würde er in ihre Augen sehen können, ihre Lippen küssen oder ihren Körper streicheln.

Der seelische Schmerz wurde körperlich und sein Herz setzte für ein paar Schläge aus. Nach Luft schnappend rollte er sich auf der Pritsche in die Decken und versank in der Erinnerung an jenen Morgen mit Anna auf dieser Lagerstatt.

Hier in diesem Raum hatte sich etwas an seinem Gefühl für Anna geändert.

Hier drin hatte er sich endgültig in sie verliebt. Und nun musste er hier von ihr Abschied nehmen. Er musste sie aus seinem Herzen reißen, doch das tat so unglaublich weh!

Ein Schneesturm setzte rings um die Hütte ein und holte ihm nun auch noch die Geräusche jener schicksalhaften Nacht zurück. Doch sein Jammern und Heulen übertönte der Sturm mit Leichtigkeit.

27. Kapitel

Heilt Zeit alle Wunden?

Spät in der Nacht war Anna wieder in ihrer Wohnung angekommen und trotz der fortgeschrittenen Uhrzeit wurde sie dort von Susi empfangen. Zuvor hatten sie zwar schon stundenlang telefoniert, aber nun wollte die Freundin noch einmal alles ganz genau wissen.

Und dabei war doch noch immer dieser unglaubliche Schmerz in ihrer Brust. Anna fühlte sich immer noch betrogen und ausgenutzt und dennoch hatte es ihr eine unbeschreibliche Kraftanstrengung abverlangt, zu Giovanni zu gehen und ihm in die Augen zu sehen.

Nun war er fern und damit würden sich hoffentlich auch ihre Probleme lösen.

Es würde eine Weile dauern, aber Mutter sagte immer, dass die Zeit alle Wunden heilen konnte. Vielleicht auch die des Herzens!

Der Koffer war noch nicht abgestellt, da zog Susi sie schon auf das Sofa.

„Erzähle!", war die Aufforderung der Freundin.

Dieser Bitte konnte sich Anna nicht entziehen und somit wurde der Seelenschmerz noch einmal nach oben gespült. Der Kummer löste einen

Strom von Tränen aus und die würden vielleicht ebenfalls heilend wirken.

Anna erzählte von Anfang an noch einmal alles. Vom ersten Treffen im Bad, über das Skifahren, den Aufstieg am Berg und diesen grandiosen Sex im Schneesturm in jener kleinen Hütte.

Von der Nacht des Streichelns und der Ekstase im Hotelzimmer.

Dann schlug der Kummer zu und sie musste von dem Betrug und dieser erlittenen Demütigung durch Britta berichten.

Noch mehr Tränen folgten, die Susi kaum mit Taschentüchern stoppen konnte.

Schon bald lag eine Küchenrolle auf dem Tisch und übernahm das Trocknen der Tränen.

Es war früh um halb vier, als alles erzählt und die vorerst letzten Tränen geweint waren.

Nun ging es daran, den Koffer auszupacken.

Noch ein Tag und Anna würde erneut in den Studienbetrieb einsteigen und damit würde ihre ganze Aufmerksamkeit ab sofort wieder in ihren Büchern sein. Das könnte sie sicherlich auch ablenken.

Als sie den roten Bikini in den Schrank hängte, dachte sie nochmals an die Worte der Mutter zurück. In keinem der medizinischen Fachbücher stand etwas von seelischen Schmerzen.

Natürlich stand genau das darin, was die Mutter gesagt hatte: Der Wundheilungsprozess brauchte Zeit. Vierzehn Tage bis zum Fäden ziehen und noch einmal dieselbe Zeit, bis eine Wunde sich geschlossen hatte. Doch der Spruch war sicherlich nicht im medizinischen Sinn gemeint.

Eine Seele konnte man nicht flicken. So feines Nähgarn gab es nicht!

Als sie das letzte Mal dieses Stück Stoff am Leibe gehabt hatte, da hatte ihr Britta von Giovannis Eskapaden berichtet. Dieser Bikini würde Anna daher ihr Leben lang an den Betrug erinnern und jedes Mal, wenn sie den Schrank öffnen und das Teil sehen würde, dann wäre auch der Jammer wieder da.

Er sollte verschwinden, aber Anna wusste auch vom Etikett, was das gute Teil Susi gekostet hatte. Konnte sie das der Freundin antun?

Seufzend schob sie den roten Stoff ganz nach hinten, wo er hoffentlich nie wieder zum Vorschein kommen würde.

Ging das mit den Erinnerungen auch so einfach? Seit Tagen war dieses Nachsinnen an jene so schicksalhaften Momente ständig in ihrem Kopf.

Der Morgen in der Hütte, die Nacht im Hotelzimmer und dann der Pool!

Und Anna bekam den Mann dennoch nicht aus ihrem Herzen. Im Hotel hatte sie es nicht mehr geschafft, sich selbst zum Orgasmus zu streicheln. Jedes Mal, wenn sie es versucht hatte, hatte ihr Schoß die Zusammenarbeit verweigert. Nur Karola hatte ihr ein paar Mal Linderung verschafft.

Eigentlich Giovanni, durch Karolas Finger und Annas Vorstellungskraft!

Nochmals musste Anna schniefen und sofort war Susi mit der Küchenrolle neben ihr.

„So ein Schuft!", schluchzte Anna und schnaubte laut in das Papiertuch.

„Du liebst ihn immer noch!", flüsterte Susi.

„Gar nicht!", gab Anna ihr zurück, aber ihr Tonfall verriet ihren Kummer und die Lüge.

Susi legte ihre Arme um Anna und hielt sie einfach nur fest. Das tat so gut, aber schöner wäre es mit Giovanni gewesen.

Erneut war der Schmerz da und würde nie wieder gehen. Oder brauchte er nur Zeit?

Schließlich fiel Anna einfach heulend in ihr Bett.

Ihre Freundin zog die Decke über Anna und der Kummer schüttelte sie regelrecht durch.

Nur noch ein Tag und sie würde als souverän handelnde Praktikantin in der Uniklinik durch die Gänge laufen müssen. Als das Häufchen Unglück, das sie gerade war, würde sie im Notfall vielleicht nicht schnell genug reagieren können. Doch das Elend steckte viel zu tief.

Nach wenigen Stunden im Bett schlurfte Anna ins Bad und aus dem Spiegel starrte sie ein verheultes Gesicht an. So konnte sie nicht unter Menschen gehen.

Anna ertrug diesen Anblick selbst nicht und wandte sich dem Ausgang zu.

Müde und ausgelaugt schlich sie zur Küche, wo Susi sie schon mit einer Tasse Kaffee begrüßte.

Fünf Minuten später saßen sie erneut nebeneinander auf dem Sofa.

„Das einzig Positive an diesem verdammten Urlaub ist, dass ich jetzt aus der eigenen Anschauung ein Referat über multiple Orgasmen halten könnte!", erklärte Anna zwischen zwei Schlucken Kaffee.

Ihr Blick fiel auf das Buch, mit dem alles angefangen hatte. Nach jenem Tag hatte sie es nicht mehr angerührt und tief in ihrem Koffer versteckt, doch nun lag es wieder auf dem Buchstapel neben dem Sofa und auch noch ganz oben.

„Das ist die Wurzel des Übels!", sagte sie schnaufend und zog es zu sich.

„Kann ich das mal lesen?", fragte Susi interessiert und griff nach dem Buch.

„Wenn du möchtest, aber es ist eine wissenschaftliche Abhandlung!"

„Egal! Und du gehst jetzt in die Wanne!", erklärte Susi und zog das Fachbuch zu sich.

Anna stemmte sich stöhnend von der Couch hoch.

Susi fragte: „Hast du dir hier handschriftliche Notizen zu deinem Erlebnis in der Hütte gemacht?"

„Nein! Wieso?", antwortete Anna und wandte sich zur Freundin zurück.

Sie hatte im Kapitel über den Orgasmus ein paar Zettel gefunden, die sie nun hochhielt.

„Die sind von Giovanni!", sagte Susi, nachdem sie auf die erste Seite gesehen hatte.

„Verbrenne sie!", entgegnete Anna und schlurfte ins Bad, um sich die Wanne mit duftendem Schaumbad einzulassen.

Auf dem Wannenrand sitzend dachte sie erneut an Giovanni. Sicherlich waren in dem Brief nur Lügen drin und Anna wollte gar nicht wissen, was er ihr sagen wollte. Sie wollte einfach nur dieses Kapitel hinter sich lassen.

Vielleicht würde die Wanne alles von ihr abwaschen. Äußerlich ging das sicherlich, aber innerlich? Da steckten noch ein Rest von Schmerz und ein Zipfel Liebe.

Endlich lag sie im warmen Wasser.

Susi betrat das Zimmer mit dem Brief in der Hand. Die Freundin setzte sich an den Wannenrand und blickte sie über die Blätter hinweg so seltsam an.

„Und den hast du einfach so gehen lassen? Das sind die schönsten Zeilen, die ich jemals gelesen habe!", erklärte Susi fast vorwurfsvoll.

„Schmeiß das in den Müll! Ich will das alles nicht hören!", stieß Anna hervor, denn diese Zeilen würden das Leiden nur noch tiefer in ihr ohnehin schon geschädigtes Herz brennen.

„Nein! Das kann ich nicht! Ich hänge sie dir an die Kühlschranktür, nachdem ich mir ein paar Kopien gezogen habe! Dass ein Mann so etwas Schönes zu Papier bringen kann, das hätte ich nicht geglaubt!", antwortete Susi und verließ in den Brief vertieft das Bad.

Annas Unglück war nun nur noch viel schlimmer geworden.

Das würde ewig dauern, bis sich diese Wunden geschlossen hätten. Und Susi war ihr da gerade keine Hilfe!

28. Kapitel

Eine mittlere Katastrophe!

Natürlich hatte Anna Giovannis Zeilen gelesen und Susi hängte jedes Mal eine Kopie an die Kühlschranktür, wenn Anna eine davon in den Mülleimer geworfen hatte.

Dieser Brief ging wirklich ans Herz und löschte damit nicht den Seelenschmerz! Keine Chance zur Heilung!

Nun war Anna schon fast drei Wochen wieder zurück, die Wohnung war festlich für das bald beginnende Weihnachtsfest geschmückt und Giovanni war auch weiterhin in ihrem Kopf.

Sie konnte ihn dort auch unmöglich herausbekommen, denn seine Worte erinnerten sie immer wieder schmerzlich an ihn.

Jedes Mal, wenn sie an den Kühlschrank trat, bohrte sich der Kummer erneut in ihr Herz.

Und natürlich hatte Susi recht gehabt. Diese Zeilen waren so etwas von romantisch. Er erzählte ihr darin von dem, was er zuvor getan hatte und auch davon, wie sie sein Herz entflammt hatte.

Sie hatte es ähnlich gefühlt und hätte sie im Hotel das Lehrbuch nur ein einziges Mal aufgeschlagen, sie wäre jetzt sicher immer noch bei ihm und vielleicht schon mit ihm verlobt.

Zwar hatte sie die Visitenkarte des Hotels noch, aber sie konnte dort nicht anrufen. Ein paar Mal hatte sie die Nummer schon eingetippt und versucht, es zu tun, doch es ging nicht.

Der Schmerz der Trennung hatte den Schmerz des Betruges vollständig verdrängt und wenn sie seinen Zeilen Glauben schenken durfte, dann hatte es den Verrat nie gegeben.

Britta war seine letzte Frau gewesen und er hatte die letzte Nacht mit ihr gehabt, als Anna im Hotel angereist war.

Nun saß sie auf dem Sofa und hatte dennoch diese Zettel weiterhin ständig im Blick.

Susi setzte sich mit einer Pizza neben sie, klappte den Deckel der Schachtel auf und der verführerische Duft strömte daraus in den Raum.

„Lecker! Sardellen!", sagte Anna und zog sich eine Ecke heraus.

Genüsslich biss sie hinein und spuckte das Stück sofort wieder aus.

„Was ist das denn? Das schmeckt ja widerlich!", stieß sie aus und spülte ihren Mund mit einem großen Glas Cola aus.

„Die ist genau, wie sonst auch!", bemerkte Susi und schob sich das zweite Stück genüsslich in den Mund.

Schmatzend blickte die Freundin sie mit schief gehaltenem Kopf an.

„Hast du nicht gestern so etwas Ähnliches über deinen Salat gesagt?", fragte sie zwischen zwei Bissen.

„Ja! Der war sicherlich irgendwie verdorben. Ich habe mich heute früh noch deshalb übergeben müssen!", antwortete Anna.

Susi legte das angebissene Pizzastück zurück auf den Teller, erhob sich vom Sofa und ging in ihr Zimmer. Zwei Minuten später war sie zurück, setzte sich und schob eine Pappschachtel über den Tisch.

Anna nahm die Packung und drehte sie um.

„Ein Schwangerschaftstest?", fragte sie entgeistert.

Susi nickte kauend. Wortlos zeigte sie auf das aufgeschlagene Handbuch der Gynäkologie, das neben der Pizzaschachtel lag.

Irgendwie war da eventuell etwas Wahres dran. Anna öffnete die Schachtel.

„Du hast sowas ständig im Hause?", erkundigen sie sich.

„Was glaubst du, was mein Freund und ich seit Wochen versuchen?", entgegnete sie und angelte sich Annas angebissenes Pizzastück aus der Schachtel.

„Mach den Test und du weißt, was los ist!", trieb Susi sie ins Bad.

Ein paar Minuten später brach für Anna eine Welt zusammen. Völlig verstört saß sie neben ihrer Freundin und sah den Test an.

Das Ergebnis war eindeutig!

Studium und Abschluss verschwanden gerade in sehr weiter Ferne.

„Du hattest deinen Eisprung in der Hütte, hattest du mir erzählt. Vielleicht ist eines der Kondome verrutscht", versuchte Susi sie zu beruhigen.

Aber das änderte nichts am Resultat des Testes. Und nach vier Wochen war es für die „Pille danach" auch zu spät.

Susi legte ihren Arm um Annas Schultern.

„Was soll ich tun?", brach es aus Anna heraus.

Erneut nahm sie den Test in die Hand und starrte ihn an, als würde ihr Blick den verräterischen Streifen verschwinden lassen.

„Ich würde es bekommen wollen!", entgegnete Susi.

„Das kann ich nicht. Mein Studium! Ich kann das doch nicht auf unbestimmte Zeit aufschieben", erwiderte Anna und warf den Test auf den Tisch zurück.

„Und ich kann es auch nicht wegmachen lassen! Ich will Fachärztin für Gynäkologie werden. Was macht das für einen Eindruck, wenn ich jetzt irgendwo hingehe und erzähle, dass ich zu blöd war, ein Kondom richtig zu benutzen. Und es vier Wochen lang noch nicht mal bemerkt habe!", schluchzte Anna.

Sie schlug sich die Hände vor ihr Gesicht und wägte alle Optionen ab. Die Eltern als Babysitter? Oder Susi? Die arbeitete tagsüber und da war Anna in der Klinik. Auch die Mutter war am Tage tätig.

Das Studium würde drei Jahre ausfallen und dann? Bisher hatte sie sich nicht damit auseinandergesetzt, was als schwangere Ärztin auf sie zukommen würde. Darüber musste sie sich nun informieren.

Anna klappte den Laptop auf und ging auf die Suche. Nach ein paar Mausklicks wusste sie, dass sie als schwangere Studentin in der Klinik nicht mehr überall einsetzbar sein würde.

Sicherlich gab es auch in ihrer Uniklinik eine Beschäftigungsbeschränkung oder eventuell sogar ein Verbot zum Schutz der werdenden Mütter.

Die Chirurgie würde für sie auf alle Fälle ausfallen und dabei wollte sie doch auch im Kreißsaal den werdenden Müttern beistehen. Ihren ersten Sectio caesarea, den Kaiserschnitt, als Assistentin durchführen!

Das wäre im nächsten Halbjahr endlich so weit gewesen. Doch das Mutterschutzgesetz würde ihr da wohl einen Strich durch ihre Rechnung machen.

Verzweifelt klappte Anna den Computer wieder zu.

„Ich habe eine supernette Frauenärztin. Die kann dir sicher alles erklären und du müsstest erst mal nicht damit in deine Klinik!", erzählte Susi und suchte auch schon die Nummer heraus.

„Glaubst du, dass ich so kurz vor Weihnachten noch einen Termin bekomme?"

„Ich denke schon! Rufe einfach morgen dort an. Die ist wirklich nett!", erklärte Susi und tippte auf den Zettel.

Den Versuch war es wert, aber immer noch blieb die Frage, wer sich am Tage um das Kind kümmern würde, während Anna dann ihr Studium fortsetzen wollte.

Sie wollte so wenig Zeit wie möglich versäumen. Für die Antwort darauf hatte sie nun aber fast acht Monate Zeit, denn innerlich hatte sie sich wohl schon für das Kind entschieden. Es ging nun nur noch darum, alles unter einen Hut zu bekommen.

Der nächste Morgen kam schnell und ein Anruf in der Praxis sorgte dafür, dass Anna noch am selben Tag an den ihr doch schon so gut bekannten Stuhl herantrat.

Diesmal saß sie wenig später darin und stand nicht davor, wie sie es im Praktikum gewohnt war.

Vielleicht hatte die Angabe ihres Berufes für diese schnelle Terminvergabe gesorgt.

Die Ärztin war sicher schon Ende fünfzig und führte die routinierten Handgriffe durch. Auch der Ultraschall war wenig später erledigt und Anna hielt das erste Bild ihres Kindes in der Hand.

„Anfang fünfte Woche!", erklärte die Ärztin, aber das wusste Anna bereits.

Nun folgte das Gespräch und das war es eigentlich, was Anna haben wollte. Sie wollte wissen, wie Medizin, Studium und Kind irgendwie zusammen gingen!

Die Ärztin begann damit, dass sie erklärte, dass auch sie im Studium schwanger geworden war und endete damit, dass sie sagte: „Sie sind doch eine der Besten. Möchten sie ihr Praktikum nicht hier bei mir in der Praxis absolvieren? Wir könnten nach ihrem Studium hier auch gemeinsam arbeiten?"

„Woher wissen sie eigentlich so viel von mir?", fragte Anna überrascht zurück.

Die Ärztin drehte ein Bild um, das auf ihrem Schreibtisch stand. Der Chef der Gynäkologie in der Uniklinik und die Ärztin waren darauf zu sehen. Zusammen mit vier unterschiedlich alten Kindern.

„Mein Mann hat mir schon viel von ihnen erzählt! Er ist regelrecht begeistert von ihnen. Also? Was meinen sie? Wollen sie hier bei mir bleiben?", fragte sie schmunzelnd.

„Gern. Wenn ich darf?", erwiderte Anna.

Die andere Frau schob ihr den Mutterpass über den Schreibtisch.

„Natürlich. Ich bin übrigens Ruth!", antwortete sie und hielt ihr die Hand hin.

„Anna! Ich nehme gern an!", entgegnete sie.

Die Ausbildung war gesichert. Der Kreißsaal musste warten, bis sie selbst darin gewesen war. Und auch ihr erster Kaiserschnitt würde wohl anders ausfallen, als sie es sich noch vor ein paar Wochen vorgestellt hatte.

Der würde dann irgendwann in acht Monaten sein!

29. Kapitel

Volles Risiko!

*E*r saß nackt auf seinem Bett und starrte vor sich hin. Anna war nun schon über drei Wochen fort. Seit seiner einsamen Nacht in der Hütte hatte Giovanni keine Frau mehr angesehen. Es hätte auch nichts genützt, denn seine Gedanken waren immerzu nur bei Anna.

Selbst wenn er gewollt hätte, bei anderen Frauen bekam er einfach keinen mehr hoch. Sein kleiner Freund hob nur kurz den Kopf, erkannte, dass es nicht die Geliebte war und fiel danach sofort wieder schlaff in sich zusammen.

Wie jetzt auch gerade. Als er an Anna gedacht hatte, hatte er kurz gezuckt und nun war er abermals der Erdanziehungskraft gefolgt.

Und Giovanni hatte keine Chance, Anna jemals wiederzusehen. Er hatte nur den Vornamen, nichts sonst. Wo sollte er da mit einer Suche beginnen? Es war aussichtslos und in seinem Herzen war nur noch Anna! Giovanni griff sich an die schmerzende Brust und stöhnte auf.

Verzweifelt suchte er Lösungen, aber da konnte es keine geben.

Oder doch?

Schlagartig durchzuckte ihn eine Eingebung. Ein einziger Platz auf der Welt konnte ihm nun noch helfen: der PC an der Rezeption! Dort scannte Karola jeden Tag die handschriftlichen Anmeldungen ein, bevor sie die Blätter in den Schredder schob.

Vor einem Jahr hatte Giovanni an der Rezeption ausgeholfen und sie dabei beobachtet.

Nur dort steckte die benötigte Information!

Allerdings würde er dafür das Datenschutzgesetz brechen müssen. Und der Rechner war niemals unbewacht. Damit riskierte Giovanni eine Entlassung und sogar eine strafrechtliche Verfolgung, aber in seiner aktuellen Verfassung war er so verzweifelt, dass er selbst eine Verurteilung und Gefängnis riskieren würde, nur um seine Anna zu finden.

Der neunte Dezember näherte sich gerade seinem Ende und in dieser Woche hatte Karola Nachtdienst an dem Tresen!

Giovanni mochte die kleine blonde Frau und vor ein paar Jahren hatten sie heftig miteinander geflirtet, aber gelaufen war da nie etwas.

Giovanni hatte sie als Freundin gern und gab ihr oft einen Schein, damit sie ihrem kleinen Neffen ein paar Geschenke kaufen konnte.

Würde er sie ablenken und in den Computer sehen, so brachte er damit auch ihren Job in Gefahr, aber diese Gelegenheit würde nicht so schnell wieder kommen.

Er musste Karola ja auch nur für fünf Minuten von dem Rechner fort bekommen und hätte alles, was er brauchte: Adresse, Namen und eventuell sogar die Telefonnummer!

Die Verzweiflung war mittlerweile so groß, dass er sowohl seine, als auch ihre Anstellung hier riskierte, um Anna aufzuspüren.

Giovanni sprang vom Bett, zog sich an und verließ das Zimmer.

Durch den zu dieser nächtlichen Stunde ruhig daliegenden Seitenflügel, in dem die Angestellten wohnten, ging er durch den Flur hinüber in die Lobby.

In dem halbdunklen Raum blinkte ein Weihnachtsbaum und Karola saß hinter dem Tresen der Rezeption. Seine gedämpften Schritte ließen sie aufblicken und die Schreibtischlampe leuchtete in ihre müden Augen.

„Na! Du kannst wohl nicht schlafen?", fragte sie.

„Zu viele Gedanken!", entgegnete er und setzte sich neben sie auf den zweiten Stuhl hinter dem Tresen.

„Mitternacht. Heute ist der zehnte und in zwei Wochen ist Weihnachten. Bleibst du wieder im Hotel?", erkundigte sie sich bei ihm.

Giovanni seufzte. „Vermutlich ja. Meine Mutter ist mit meinem Bruder vor zwei Jahren nach Neapel gezogen, dort haben die beiden ein kleines Restaurant. Mein Onkel Luigi hat eine Pizzeria in Leipzig. Ich sitze hier in Bayern und in den paar Tagen Urlaub lohnt sich weder das eine noch das andere. Ich wäre nur in der Bahn unterwegs!", antwortete er und sah zum geschmückten Baum hinüber.

„Ich werde unten im Dorf bei meiner Familie feiern. Ich freue mich schon seit Wochen auf die leuchtenden Augen meines kleinen Neffen. Ich habe sein so sehnsüchtig erwartetes Geschenk schon vor einem viertel Jahr heimlich gekauft und bei meiner Schwester für ihn versteckt. Die ganze Familie wird da sein. Meine Schwester macht Stollen für den 24. und meine Mutter hat sich die Gans für den ersten Feiertag vorgenommen. Ich werde danach sicher zwei Wochen im Fitnesskeller verschwinden müssen, um wieder in meine Sachen zu passen, aber alle werden wir Spaß haben. Familie ist doch das größte!", schwärmte Karola regelrecht.

„Und ich werde telefonieren!", gab Giovanni ihr als Antwort und spielte mit einem kleinen hölzernen Räuchermännchen, das auf dem Tresen stand.

Direkt neben Karola stand der PC. Das Objekt seiner Begierde im Moment, doch mit der Freundin davor würde er keine Möglichkeit haben, auch nur einen Blick in die Daten zu werfen.

Karola war da viel zu korrekt und riskierte für ihn auch nicht ihren Arbeitsplatz.

Giovanni brauchte eine Eingebung! Irgendeine List!

„Nicht viel los hier? Oder?", fragte er.

„Nein. Nachts kaum. Ich hatte bisher nur zwei Anrufe. Das waren dann wohl die letzten Anfragen bis morgen früh um sechs! Nachts kommt hier keiner!", antwortete Karola und gähnte.

Mit ihrer Aussage gab sie ihm die rettende Idee und auch das Stichwort.

„Wollen wir das heute mal ändern?", befragte er sie.

Giovanni bemerkte ihren überlegenden Blick und konnte fast sehen, wie sie grübelte, was er damit wohl meinte. Dann zuckte offensichtlich die Erkenntnis durch ihren Kopf.

Karola lächelte, nickte und gab ihm die Hand.

Giovanni küsste sie, zog sie vom Stuhl und hinter sich her.

Drei Schritte später waren sie in der Kammer hinter dem Tresen.

Im Halbdunkel dieses Raumes küsste er sie leidenschaftlich und sie erwiderte seinen Kuss. Er stellte sich vor, es wäre Annas Zunge, die sich in seinen Mund schob.

Sein kleiner Freund zuckte hoch, der Betrug schien zu funktionieren.

Giovanni schob Karola nach hinten, bis sie vor dem Abstelltisch standen. Er setzte sie auf dessen Kante, streifte ihr die Jacke von den Schultern, öffnete ihr die Bluse und hob ihre Brüste aus den Körbchen, ohne den BH zu öffnen.

Gekonnt knetete er ihre Brüste, zwirbelte ihre Nippel, bis sie hart waren und Karola stöhnte dabei ziemlich laut.

Das Licht war schummrig und momentan sah Karola fast wie Anna aus.

Es schien zu glücken und es war Annas Hand, die eilig seine Hose öffnete, Annas Finger, die sein Glied mit schnellen Handbewegungen richtig hart machten.

Und bevor sein kleiner Freund den Betrug bemerken würde, schob er ihr den Rock hoch und zog ihr gekonnt den Slip von den Beinen.

Er streifte sich ein Kondom über, griff zu ihren Knien und stieß tief in ihre Scheide.

Karola warf den Kopf zurück, stöhnte und sagte: „Das ist so geil!"

Schnell verschloss er ihr den Mund mit einem Kuss, um die Illusion nicht zu zerstören.

Karola umschlang ihn mit ihren Armen und zog ihn an sich.

In seinen Gedanken war er nun wieder in der Andreashütte, in der er Anna mit langsamen Stößen zum Höhepunkt trieb.

Er löste den Kuss, schloss die Augen und hörte auf Annas lustvolles Schnaufen. Es wurde schneller und er passte sich ihrer Geschwindigkeit an.

Stoß für Stoß jagte er sie auf den Gipfel hinauf.

„Oh mein Gott! Ich komme!", brach es aus Karola heraus, sie biss sich in die Hand und sie kam!

Der Orgasmus rüttelte sie regelrecht durch.

Giovanni stieß weiter zu, fickte sie nun härter durch ihren Höhepunkt hindurch und als er das Kondom füllte, kam Karola stöhnend das nächste Mal.

Nun war die Freundin nur noch ein zuckendes Häufchen purer Lust und grenzenloser Geilheit!

Sie löste die Umklammerung und sank stöhnend zurück zur Wand.

Giovanni zog sich aus ihr zurück, ließ ihre Beine aus den Händen gleiten, entsorgte das Kondom in einem Mülleimer und schloss sich schnell wieder den Reißverschluss der Hose.

Er warf einen Blick zurück zu Karola, die gerade schnaufend versuchte, sich im Raum zu orientieren.

Jetzt war die Gelegenheit günstig!

Nach ein paar schnellen Schritten war er am Tresen.

Er kannte Annas Anreisedatum und ihre Zimmernummer und zehn Sekunden später hatte er ihren handschriftlich ausgefüllten Zettel der Anmeldung vor sich auf dem Bildschirm.

Giovanni lernte die Anschrift auswendig und verglich sie mit der Anmeldung von Annas Eltern. Selbe Stadt, aber andere Straße. Anna hatte wirklich ihre eigene Adresse und auch ihren Namen angegeben.

Er hatte sie wieder!

Mit zwei Schritten lief Giovanni glücklich zur Tür der Kammer zurück und blickte in den halbdunklen Raum.

„Das war so unfassbar geil!", schnaufte Karola und schloss sich gerade die Bluse.

„Soll ich uns zwei Cappuccino machen?", fragte er.

Karola nickte und suchte ihren Slip am Boden.

Während sie sich das Stoffstück überstreifte, ging Giovanni zur Küche.

Die Maschine füllte die Tassen und er schrieb Annas Adresse auf einen Notizzettel, den er wie einen Schatz in seiner Jackentasche verwahrte.

Zufrieden lächelnd stellte er das Geschirr auf ein Tablett, legte zwei Kekse dazu und schritt damit zurück zum Tresen.

Karola saß auf ihrem Stuhl und ordnete dort ihr Haar mit einem kleinen Taschenspiegel.

Giovanni stellte die eine Tasse vor ihr ab und küsste sie erneut. Nun sah er ihre strahlenden Augen und die roten Wangen. Die letzten Wellen des Höhepunktes brandeten offenbar noch immer durch ihren Leib.

„Danke für dieses verfrühte Weihnachtsgeschenk. Du weißt gar nicht, wie oft ich mir das in den letzten Jahren schon gewünscht habe!", sagte sie.

„Ein Quickie unter Freunden. So viel zum Thema: nachts kommt hier keiner!", entgegnete er schmunzelnd.

Karola strahlte ihn an und nippte an ihrem Cappuccino. Schweigend und sich dabei anblickend tranken sie aus.

„Ich hoffe, dass ich nun schlafen kann!", erklärte Giovanni.

„Und ich habe was zum Träumen!", entgegnete Karola und zeigte mit dem Daumen hinter sich auf die Kammer.

Giovanni erhob sich, gab ihr einen letzten Kuss und brachte das benutzte Geschirr zurück zur Küche.

Anschließend eilte er zu seinem Zimmer und gab Annas Adresse von dem Zettel in die Routenplanung seines Handys ein. Als das Ergebnis der Suche erschien, klappte Giovanni der Unterkiefer herunter.

Das konnte kein Zufall sein!

Die Pizzeria seines Onkels lag nur drei Straßen entfernt. Und seine Nichte Debby führte in Annas Straße ein kleines Café.

Gott hatte Giovanni zugezwinkert und nun wusste er, was zu tun war.

Giovanni klappte seinen Laptop auf, schrieb seine Kündigung und buchte ein Bahnticket für den nächsten Tag.

Anschließend räumte er seine wenigen Sachen aus dem Schrank in die Tasche.

Als es auf sechs Uhr früh ging, schickte er Kündigung und Bahnticket an den Drucker in der Rezeption, nahm seine Reisetasche und ging.

In der Lobby sah ihn Karola mit großen Augen fragend an und hielt die beiden gerade ausgedruckten Blätter in der Hand.

„Du hast recht! Familie ist das Beste! Ich werde bei meinem Onkel Luigi arbeiten", sagte er, während er die Kündigung unterschrieb.

Danach faltete er das Ticket, steckte es in die Tasche und fragte: „Kannst du der Chefin meine Kündigung geben?"

„Na klar! Ich wünsche dir viel Glück. Und danke noch mal für...", dabei zeigte sie schmunzelnd nach hinten und ihre Augen strahlten immer noch.

Giovanni nickte ihr zu, gab ihr einen Abschiedskuss, schulterte seine Tasche und verließ das Hotel.

Der Morgen begrüßte ihn mit kalter Winterluft.

„Anna! Ich komme zu dir!", dachte er und drehte sich noch einmal zurück.

Karola stand an der Tür und er winkte ihr zu.

Danach eilte er schnaufend in das Tal hinab, denn in einer Stunde fuhr der Zug!

30. Kapitel

Neue Wege

Nur ein paar Tage hatte es gedauert und Anna konnte von der Uniklinik zu der kleinen Arztpraxis wechseln. Damit war Ruth ab jetzt ihre Ausbilderin. Anna wurde herzlich und freundlich vom Team empfangen.

Es gehörten auch noch zwei junge Schwestern zur Praxis und mit ihrer Entscheidung würde Anna nun die nächsten Jahre hier sein, aber es fühlte sich alles fabelhaft an. Auch die Famulatur war bereits mit Ruth abgesprochen.

Alles war im Gang und gegebenenfalls konnte sie sogar ihr Kind nach der Geburt mit in die Praxis bringen.

Der erste Tag begann damit, dass Ruth ihr alles zeigte. Alle Räume, die Geräte und danach saß Anna am Tresen und empfing die schwangeren Frauen.

Die beiden Schwestern halfen ihr dabei und es war ersichtlich, dass sie sich ziemlich bemühten, ihr alles schnell beizubringen.

Da gab es keinerlei Voreingenommenheit und Anna hatte ja auch im Studium eine Ausbildung zur Schwester gemacht, damals in der Säuglingsstation der Uniklinik.

Sicherlich war zu der Zeit schon der Wunsch nach ihrer Fachrichtung gesetzt worden, aber wer konnte sich schon dem Geruch eines frisch gewindelten Säuglings entziehen?

Drei Monate hatte das Praktikum einst gedauert und noch immer hatte Anna bei der Erinnerung daran so ein warmes Gefühl in ihrem Bauch.

Ungefähr da, wo nun auch ein Baby in ihr heranwuchs.

Ein Mann betrat mit einem etwa drei Jahre alten Mädchen auf dem Arm die Praxisräume. Er sah sich suchend um und fragte nach Schwester Gaby, die aber gerade im Labor war.

Anna erhob sich von ihrem Platz und ging die drei Schritte.

Wenig später hatte Gaby ihre Tochter auf dem Schoß und Anna war bei ihr in der Nähe. Dass es in dieser Praxis so einfach war, auch mit Kind zu arbeiten, das hatte sie gehofft, aber es auch gleich am ersten Tag gezeigt zu bekommen, das war schon etwas Besonderes.

Völlig unkompliziert wechselte Gabys Tochter zwischen Anna, Gaby und der anderen Schwester hin und her. Wer konnte, der beschäftigte sich kurz mit ihr, malte, erzählte oder spielte.

Gegen Mittag erschien Susi, die einen Termin hatte.

Professionell behandelte Anna die Freundin, wie jede andere Patientin auch und war überraschenderweise dann bei der Untersuchung der Freundin mit dabei, weil Susi zugestimmt hatte und Ruth Anna ein bisschen von dem beibringen wollte, was hier in der nächsten Zeit auch auf sie zukommen würde.

Und mit Ruths Erlaubnis machte Anna auch schon die Untersuchung, während die erfahrene Ärztin hinter ihr stand und jeden Handgriff überwachte.

Ein bisschen seltsam war es schon, die Freundin halbnackt auf dem Stuhl vor sich zu haben, aber schnell hatte Anna die Kontrolle gemacht und nach einem kurzen Blick auf den Ultraschallmonitor konnte sie auch Susi zum bald kommenden Nachwuchs gratulieren.

Die Freundin war überglücklich und hüpfte halbnackt im Behandlungszimmer umher, bis Anna und Ruth sie gemeinsam wieder eingefangen hatten.

Damit würden Anna und Susi ihre Kinder wohl im Abstand von wenigen Tagen bekommen und das machte die Kinderbetreuung ein klein wenig einfacher für sie beide.

Bei der Verabschiedung lagen sich die beiden Freundinnen im Arm, bevor Anna wiederum die nötige Distanz einnahm.

Das Wartezimmer war ja noch voller Frauen, die ein Kind erwarteten oder gern eines hätten.

Anna würde in naher Zukunft als schwangere Frau andere werdende Mütter betreuen. Das war es, was sie sich vielleicht schon immer insgeheim gewünscht hatte.

Der erste Tag ging überraschend schnell zu Ende und am Abend saßen zwei glückliche Freundinnen auf dem Sofa und stießen mit Orangensaft auf die Zukunft an.

Ein gemeinsames Kinderzimmer wurde schon mal geplant und in Gedanken malte sich Anna alles so schön aus, wie es besser nicht ging.

Ein kleiner Wermutstropfen war allerdings noch in ihr, denn während Susis Freund sich mit ihr mitfreuen würde, wusste Giovanni nichts von seinem Glück.

Und als sie sich dann doch noch dazu durchringen konnte, ihn an diesem Abend endlich anzurufen, sagte man ihr im Hotel, dass er gekündigt hatte und nicht gesagt hatte, wohin er gezogen war.

Heulend warf Anna das Telefon zur Seite und nahm sich die Blätter von der Kühlschranktür.

Schluchzend las sie nochmals seine Zeilen, die sie nun schon fast auswendig kannte. Wenn Giovanni doch nun nur in ihrer Nähe wäre, dann wäre alles gut.

Was konnte sie noch tun?

Der kleine Nussknacker auf dem Tisch zog irgendwie Annas Aufmerksamkeit auf sich.

Es waren ja nur noch ein paar Tage bis Weihnachten. Sollte sie schnell noch einen Wunschzettel schreiben?

Warum nicht? Früher hatte das immer geholfen!

Anna legte die Blätter zur Seite, zog Stift und Papier zu sich und schrieb: *„Wunschzettel. Ihr lieben Engel. Ich wünsche mir zu Weihnachten meinen geliebten Giovanni an meine Seite!"*

Danach küsste und faltete sie das Blatt und schob es unter den kleine Porzellanengel, der schon ihrer Großmutter gehört hatte und den die Mutter ihr zum Einzug geschenkt hatte.

Konnte dieser Weihnachtswunsch noch in Erfüllung gehen?

Nur noch ein paar Türchen waren am Adventskalender zu öffnen.

Anna wischte sich die Tränen fort, wandte sich abermals der Freundin zu und Susi nickte.

Da Anna am nächsten Tag wieder pünktlich in der Praxis sein musste, gingen sie schließlich ins Bett.

Im Traum war Giovanni erneut an ihrer Seite. Sie waren zusammen in der kleinen Hütte und liebten sich stürmisch.

Alles war gut und Anna bekam im Schlafen einen Orgasmus, der sie stöhnend erwachen ließ.

Noch zitternd im Bett liegend, fühlte sie diesen letzten Wellen hinterher.

So schön konnte es auch sein, wenn der geliebte Mann neuerdings in ihrer Nähe war und wenn sie in seinen Armen lag.

„Wo bist du nur?", hauchte sie und versuchte schnell noch einmal einzuschlummern, damit sich der schöne Traum fortsetzen konnte.

Nach einer aufregenden Nacht saß Anna am Morgen in der Küche und schlürfte ihren Kaffee.

In ihren Gedanken hing sie den schönen Träumereien nach.

Susi kam verschlafen im Nachthemd herein und griff sich die andere Tasse.

„Ich vermisse ihn so sehr! Nie zuvor hat mich ein Mann zum Orgasmus geleckt!", stöhnte Anna und war in ihren Gedanken bei Giovanni.

„Du glückliche! Mich hat noch nicht mal einer geleckt!", gab Susi ihr gähnend zurück.

„Ich hätte ihn gern wieder!", setzte Anna hinzu und öffnete das nächste Türchen am Kalender.

Nur noch fünf Tage bis Weihnachten!

Würde dieser sehnlichst ausgesprochene Wunsch in Erfüllung gehen? Oder blieb es nur bei den heißen Illusionen in den Nächten?

Seufzend stemmte sich Anna hoch, trat zu dem kleinen Engel und strich ihm über den Kopf.

„Bitte!", flüsterte sie.

Anschließend nahm sie ihre Jacke, zog sich an und machte sich auf den Weg zur Praxis.

31. Kapitel

Glücklicher Zufall?

Mit offenen Armen war Giovanni von seinem Onkel aufgenommen worden und nun arbeitete er schon mehr als eine Woche in der Pizzeria.

Luigi hatte ihm bestätigt, dass er schon oft Pizza und Salate an die von ihm beschriebene Adresse geliefert hatte. Der Onkel hatte ihm auch versprochen, sofort Bescheid zu geben, falls von dort eine Bestellung bei ihm aufgegeben werden sollte.

Aber in dieser Woche war noch nichts dabei gewesen.

So knetete Giovanni eben Pizzateig und fühlte sich wie zu Haus, denn vor ewigen Zeiten hatte er in dem Restaurant der Mutter genau in dieser Art zu arbeiten begonnen.

Mehr als zehn Jahre war das her. Alles hatte er bei Mama gelernt: Wie man den Teig machte, wie man ihn belegte und auch das Kellnern hatte er dort beigebracht bekommen.

Das sogar schon vor der Arbeit in der Backstube. In den Ferien hatte er oft die Gäste auf der Terrasse am Kanal bedient und das Trinkgeld hatte er dabei immer behalten können.

An manchem Abend hatte er dadurch mehr verdient, als einige seiner Freunde im ganzen Sommer. Und daher hatte er auch eher ein Motorboot gehabt, was zur Folge hatte, dass er bei den Mädchen schon mit 14 sehr beliebt gewesen war.

Er hatte es geliebt, durch die Lagunenstadt zu fahren und die Mädchen hatten es ebenfalls genossen, mit ihm die schönsten Plätze von Venedig zu erkunden.

Und er hatte die Frauen zu lieben gelernt!

Still dachte er an sein erstes Mal zurück: mit Adriana in einer lauen Sommernacht im schaukelnden Boot auf dem Canale Grande!

Eines hatte immer zum nächsten geführt. Das Trinkgeld zum Boot, dieses zu den Mädchen, die Mädchen hatten ihn schließlich für das Berghotel interessiert und von da war es nur ein kleiner Schritt gewesen, bis er Anna kennengelernt hatte.

Der Abend senkte sich mit dem Sonnenuntergang langsam auf die Stadt herab und Debby betrat fröhlich die Backstube.

Tagsüber führte sie das kleine Café und abends half sie ihrem Vater hier in der Pizzeria.

Sein Willkommensgruß für die Nichte war eine Handvoll Mehl, die sie lachend abzuwehren versuchte. Es war so eine Art von Ritual zwischen ihnen geworden und ähnlich hatte Giovanni einst seinen kleinen Bruder immer zur Arbeit begrüßt.

Nun versuchte die junge Frau ihre schwarzen Haare unter dem Kopftuch zu verstauen, aber das gelang ihr nicht wirklich gut und ein paar störrische Locken schauten immer noch darunter hervor.

Die anderen drei Kinder von Luigi waren noch zu klein, als dass sie am Abend mithelfen konnten.

Debby, oder eigentlich Deborah, auch wenn sie den Namen nicht gern hörte, war schon einundzwanzig und half gern bei ihrem Vater mit.

Familie hielt eben einfach zusammen! Luigis Frau Carlotta stand am Ausschank und Luigi servierte den Gästen im Restaurant die heiße Ware.

Der Onkel war fünfzehn Jahre älter als Giovanni und hatte das Handwerk ebenfalls von klein auf gelernt. Der Wirt lag ihm im Blut und an manchen Abenden griff er sich die Mandoline und sang eines der alten wehmütigen Lieder der fernen südlichen Heimat.

Am Tagesende zuvor hatten sie da beide zusammen gesungen. Das hatte sich schön angefühlt. Schöner wäre es nur, wenn Anna endlich mal eine Pizza bestellen würde, denn schließlich konnte er ja nicht schon wieder bei ihr auftauchen und sagen, er hätte sich in der Tür geirrt.

Das hatte schon beim letzten Mal nicht funktioniert und es würde nur dazu führen, dass er eventuell eine Anzeige wegen Stalking am Halse hätte.

Nachdem Debby endlich das Kopftuch festgezogen hatte, bedankte sie sich ebenfalls mit einer Hand voller Mehl und nachdem sich diese Wolke gelegt hatte, sah es in der Backstube etwas winterlicher aus.

In ein paar Tagen wäre Weihnachten und da würde die ganze Familie um den Tisch versammelt sein. Es wäre so schön, wenn Anna dabei neben ihm sitzen könnte.

Giovanni blickte zur Seite, wo ein kleiner Weihnachtsmann auf dem Fensterbrett stand.

In den letzten Tagen hatte er seinen Weihnachtswunsch schon so oft an diese kleine Holzfigur abgegeben, aber vielleicht aß Anna zu Weihnachten keine Pizza und dann würde er sie sicher erst nach dem Fest mit einer heißen Leckerei überraschen können.

Eine neue Pizzabestellung flatterte von Luigis Hand auf seinen Tisch und der Onkel nickte Giovanni freundlich zu, dann tippte er auf die Adresse.

Die Straße und die Hausnummer stimmten, aber es war eine Frau Müller, die diese Lieferung bekommen sollte.

Giovanni zögerte noch, ob er noch einmal den Beginn dieser komischen Beziehung nachspielen sollte. Bei Anna klingeln und dann sagen: „Oh! Entschuldigung! Falsche Adresse!"

Ging das?

Aber das konnte er sich auch unterwegs noch überlegen! Schnell machte er die Pizza und überlegte immer noch, während sie schon im Ofen war.

„Ach, was soll es! Ich versuche es einfach!", stieß er aus und zog sich hastig um.

„Viel Glück!", sagte Debby, als sie ihm die Schachtel in die Hand drückte.

Giovanni rannte los.

Glück würde er brauchen, um nicht die restliche Nacht in einer Zelle verbringen zu müssen, aber er war mittlerweile so verzweifelt in seinem Sehnen nach Anna, dass er das Risiko einfach in Kauf nahm.

Drei Straßen!

Den Weg war er in Gedanken und auch real schon so oft gegangen. Mit verbundenen Augen hätte er die Adresse gefunden. Nur der verschneite Untergrund und die vereisten Bordsteinkanten bremsten ihn auf seinem Weg.

Trotzdem war er in einer viertel Stunde vor dem Haus und suchte den Klingelknopf.

Annas Namen stand auf derselben Klingel, wie der von Frau Müller!

Giovanni hätte jubeln können!

Er drückte die Taste und eine unbekannte Frauenstimme fragte: „Ja?"

„Die Pizza!", sagte er aufgeregt und hatte die Hand auf der Klinke.

Fast hätte er gerufen: „Jetzt drück schon auf den Knopf!"

Unendlich lange dauerte es, bis endlich der erhoffte Summton davon kündete, dass die Tür sich öffnete.

Drei Treppen, die er im Sprint nahm.

Als er schnaufend vor der Tür stand, öffnete die Frau, aber er konnte Anna nirgendwo sehen.

„Die Pizza!", sagte er deshalb so laut, dass es wohl auch im Erdgeschoss noch zu hören war.

Frau Müller zuckte dabei fast zusammen und trat vorsichtig einen Schritt zurück.

Hinter ihr erhob sich Anna vom Sofa und blieb wie verwurzelt dort stehen.

Dann brüllte sie: „Giovanni!"

Das war sicher lauter, als sein Ruf zuvor.

Anna rannte auf ihn zu, stieß die andere Frau fast zur Seite und hing ihm schon wenig später am Hals.

Im Flur küssten sie sich stürmisch, während Frau Müller ihm lächelnd die Pizza aus der Hand zog.

„Bitte verzeih mir! Ich war so ein Idiot!", sagte er, als er kurz seine Lippen von ihrem Mund lösen konnte.

„Dasselbe wollte ich auch gerade sagen!", entgegnete Anna und zog ihn in die Wohnung.

32. Kapitel

Wiedergefundenes Glück!

„Lass uns eine Pizza bestellen!", hatte Susi nur gesagt, aber mit keinem Gedanken hatte Anna dabei daran gedacht, wer der Bote sein würde. Nun hing sie an seinem Hals und an seinen Lippen. Nie wieder würde sie Giovanni aus ihren Armen lassen.

„Das ist also dein Giovanni? Jetzt kann ich dich verstehen!", sagte Susi, während sie mit der Pizzaschachtel neben ihr stand.

Einer Minute später saßen sie zu dritt auf dem Sofa. Der Weihnachtsfilm, auf den sich Anna schon ein paar Tage lang gefreut hatte, der war nun vergessen und auch die Pizza war nicht mehr wichtig.

Nur Giovanni zählte noch!

„Ich liebe nur dich und alle anderen Frauen haben keinerlei Bedeutung mehr für mich! Ich schwöre es dir, beim Leben meiner Mutter!", stammelte er.

„Wenn ein Italiener es beim Leben der Mama schwört, dann muss es stimmen!", erklärte Susi.

„Ich liebe dich auch, du Idiot!", hauchte Anna.

Erneut fanden sich ihre Lippen.

Nach vielen heißen Küssen sagte er: „Du Anna, ich muss dir was sagen. Erinnerst du dich an deinen heißen Ritt in der Hütte? Dabei ist das Kondom abgerutscht."

„Ja! Ich weiß! Ende fünfte Woche!", erklärte Anna.

Susi schob das Ultraschallbild zu ihnen herüber.

„Verzeih mir! Ich hätte es dir eher sagen müssen!", entgegnete Giovanni völlig zerknirscht.

„Nein! Alles gut! Ich freue mich auf das Kind!", antwortete Anna.

Zusammen sahen sie sich den kleinen Punkt im Bild an.

Susi schnitt gerade die Pizza an, doch Anna hatte keinen Blick dafür.

„Wenn ihr wollt, dann sehe ich mir den Film auch alleine an!", deutete die Freundin an und biss genüsslich und lächelnd in das erste Stück.

Giovanni nickte ihr zu und sagte: „Ich habe für den Rest der Nacht frei!"

„Aber macht nicht so laut!", entgegnete Susi schmunzelnd.

„Versprochen!", stöhnte Anna.

Keine Minute später waren sie in ihrem Zimmer und rissen sich buchstäblich die Kleider vom Leib.

Die lange aufgestaute Lust und die Energie der heißen Träume wollte nun endlich gestillt werden.

Vielleicht waren da auch ein paar Hormone der Schwangerschaft mit beteiligt.

„Und dieses Mal brauchen wir keine Kondome! Ich will dich Haut auf Haut spüren!", flüsterte Anna.

Giovanni nahm sie nackt auf seine Hände.

Vor dem Bett stehend umschlang sie seinen Hals mit den Armen und küsste ihn, bis er sie auf dem Laken absetzte.

Anna saß auf der Bettkante, während sich Giovanni zwischen ihre Schenkel kniete und begann ihren Schoß wieder in jener Weise zu verwöhnte, die ihr schon einmal alle Sinne geraubt hatte.

Sie fiel zurück auf das Bett und konnte ihr Versprechen Susi gegenüber nicht halten, denn der Orgasmus überrollte sie und Anna schrie die Lust so heraus, dass die Freundin nebenan den Fernseher lauter stellen musste.

„Jetzt du!", japste Anna in den letzten Wellen des Höhepunktes, richtete sich im Sitzen auf und zog den Mann zu sich herauf.

Abermals schmeckte sie ihre eigene Lüsternheit auf seinen Lippen. Danach zog sie ihn noch höher, bis sie seine Leibesmitte vor sich hatte.

Noch nie zuvor hatte Anna einen Mann oral befriedigt, aber das war sicher nicht schwer. Ihre Lippen umspielten das, was sich ihr knüppelhart entgegen reckte.

Giovanni warf stöhnend seinen Kopf in den Nacken und sie begann damit, ihn mit Lippen, Händen und Zuge zu verwöhnen.

Die lange Zeit der Abstinenz sorgte dafür, dass er schon wenig später stöhnte: „Vorsicht Anna! Ich komme gleich!"

Doch sie wollte ihn nicht entlassen, hielt ihn fest und so musste er sich in ihrem Mund ergießen. Die Menge war dabei allerdings so groß, dass sie es nicht schlucken konnte und Anna spürte, wie seine Samenflüssigkeit an ihrem Mundwinkel herunterlief.

Sie erhob sich und mit seinem Sperma auf ihren Lippen fanden sie sich erneut im Kuss vereint.

Ihrer beider Gier vermischte sich in diesem zärtlichen Moment in ihren Mündern.

Es war ein Kuss, der immer stürmischer wurde und mit Freude stellte sie fest, dass sich seine Erektion schon bald abermals gegen ihren Bauch drückte.

Sie löste sich von Giovanni und ließ sich nach hinten auf ihr Bett fallen.

Sofort war der Geliebte über ihr, hob ihre Knie an und teilte ihre Schenkel.

Als er mit dem ersten Stoß tief in sie glitt, stöhnten sie beide auf und verharrten in dieser Position einen unendlich traumhaften Moment.

Sie war in seinen Augen gefangen, wie er wohl in ihren.

Schließlich begann er sich langsam in ihr zu bewegen und Anna umklammerte ihn mit Armen und Beinen. Nie wieder wollte sie ihn loslassen!

Alles Glück der Erde war nun bei ihr, während der geliebte Mann sie immer schneller liebte.

Es dauerte nur ein paar tiefe Stöße und der nächste Orgasmus überrollte Anna.

Obwohl sie im Bett lag, verlor sie den Boden unter den Füßen. Sie flog mit ihrem Angebeteten in den Himmel und es war herrlich!

Unkontrolliert zuckte ihr Körper. Stöhnend, sich windend und jammernd vor Lust genoss sie seine Bewegungen. Sie küsste ihn leidenschaftlich und schwelgte in diesem Gefühl der Völle in ihrer Scheide.

In dem Moment, in dem er ihr seinen Samen in den Leib spritzte, explodierte jede Zelle in ihrem Körper vor purer Lust.

Es schienen Sterne auf sie herabzufallen und hinterließen ein fühlbares Prickeln auf ihrer erhitzten Haut.

Nach einer heißen und wundervollen Nacht erwachte Anna in Giovannis Armen.

Es war die pure sexuelle Ekstase gewesen! Unbeschreiblich, unglaublich und doch wahr!

Der Mann hatte eine Decke über ihren nackten Leib gezogen, denn sie selbst wäre dazu wohl kaum noch in der Lage gewesen.

Glücklich dachte sie an diese Stunden zurück. Es war kein Traum gewesen und Anna hatte aufgehört zu zählen, als die Anzahl ihrer Orgasmen zweistellig geworden war.

Giovanni war regelrecht ausgehungert nach ihr gewesen und sie auch nach ihm. Das reine Glück durchströmte jetzt noch ihren Körper und obwohl sie nur wenig geschlafen hatte, fühlte sie sich topfit.

Vorsichtig glitt Anna aus dem Bett, denn ihre volle Blase wollte nun entleert werden. Sie warf sich ein Nachthemd über und schlich aus dem Raum.

Als sie von der Toilette zurückkam, stand Susi mit verwirbelten Haaren im Pyjama in der Küche und hatte gerade den Kaffee fertig.

„Ich hoffe, wir waren nicht zu laut", sagte Anna und trat zu ihrer Freundin.

Susi hielt ihr eine Tasse hin.

„Das war schon wirklich heftig! Ich habe kaum schlafen können. Mein Freund ist nicht da, der Vibrator hat keinen Saft und ihr macht so einen Lärm. Da blieb mir nur der Handbetrieb!", entgegnete die Freundin gähnend.

Giovanni lief nackt an der Küchentür vorbei und Susi pfiff ihm bewundern nach.

„Borgst du mir deinen Freund mal aus? Ich will auch mal zum Höhepunkt geleckt werden!", sagte Susi.

Anna tippte sich an die Stirn und nahm den ersten Schluck Kaffee.

„Komm schon! Ich habe dir auch meinen Freund für die Vorbereitung deines Referates in Anatomie ausgeborgt!", bettelte Susi regelrecht.

„Schreib doch einen Wunschzettel! Bei mir hat das auch geholfen!", konterte Anna.

„Zettel und Stift zu mir!", rief Susi und blickte sich suchend in der Küche um.

Giovanni trat zu ihnen und nun verhüllten seine Boxershorts das, was ihr in der Nacht solch eine Freude gebracht hatte.

Er nahm ihr die Tasse ab und zeigte zum Kühlschrank.

„Du hast meinen Brief noch?", fragte er.

„Ja! Natürlich! Leider habe ich ihn erst beim Auspacken des Koffers gefunden!", antwortete Anna und strich mit den Fingerspitzen über das oberste Blatt.

„Was wäre gewesen, wenn du ihn im Hotel gefunden hättest?", erkundigte sich Giovanni.

Von der Seite erklärte Susi: „Anna hätte ihn ungelesen in den Papierkorb geworfen!"

„Vermutlich ja!", bemerkte Anna.

„Dann war es so wohl besser", gab Giovanni ihr zurück.

Susi faltete ihren Wunschzettel.

Als Giovanni Anna auf die Arme hob, ging Susi zu dem kleinen Engel, um dort ihren Weihnachtswunsch zu hinterlegen.

33. Kapitel

Weihnachtsfreuden

---

*D*ie letzten beiden Tage hatten sie Annas Zimmer und das Bett kaum verlassen. Nun war es der 24. Dezember und während die ersten Sonnenstrahlen durch das Fenster zu ihnen hereinfielen, kniete Anna im Bett über ihm und ritt mit ihm in diesen Tag.

Allerdings langsam und mit sichtbarer Lust.

Nicht so wild, wie damals in der kleinen Hütte am Berg.

Giovanni genoss den sich ihm bietenden Anblick. Sie hatte die Augen geschlossen, ein leises Keuchen verließ ihren halb geöffneten Mund und ihre Brüste wippten mit ihren Bewegungen mit.

Anna hatte ihre Hände in seine gestützt und ihre Finger waren ineinander verschränkt. In dieser Position war sie einfach wunderschön.

Langsam hob und senkte sie ihren Hintern und er kam ihr stöhnend entgegen.

Irgendwann hielt sie es nicht mehr aus, steigerte ihr Tempo und fiel wenig später schnaufend auf seine Brust.

Die Kontraktionen ihrer Scheide pressten dabei auch ihn zum Höhepunkt.

Giovanni umfing sie mit seinen Armen und hielt sie einfach fest, bis sie sich wieder beruhigt hatte.

Mit Anna hatte er das ganz große Glück gefunden. Nie wieder würde er diese Frau freigeben.

Nach ein paar Minuten, einigen Küssen und Streicheleinheiten gingen sie beide nackt zur Dusche und ignorierten dabei Susi, die in der Küchentür stand und ihnen hinterher sah.

Das warme Wasser unter der Brause tat so gut und die schöne Nähe zu Anna in der engen Duschkabine war auch nicht zu verachten.

„Wir müssen noch den Baum schmücken!", war Susis Begrüßung, als sie sich eine halbe Stunde später alle zum Frühstück an den Tisch in der Küche setzten.

„Wo habt ihr denn den Baumschmuck?", fragte er.

Geräuschvoll zog Susi eine Kiste unter dem Tisch hervor.

Nach dem Kaffee begannen sie zu dritt aus dem kleinen unscheinbaren Plastikbaum in der Ecke des Wohnzimmers einen ansehnlichen Weihnachtsbaum mit Kugeln, Lichtern und Lametta zu gestalten.

Bei Weihnachtsmusik aus dem Radio ging das ganz fix.

Als er zum Test die Beleuchtung einschaltete, klingelte Susis Handy und sie verschwand damit in ihrem Zimmer.

Ein paar Minuten danach kam sie genervt zurück und warf ihr Telefon auf das Sofa.

„Ach Menno! Mein Freund wollte eigentlich heute von seiner Arbeit zurückkommen und ich hatte mich schon so auf ihn gefreut. Aber jetzt geht seine Montage auf einmal bis zum 28.! Nun darf ich hier ohne ihn mit euch feiern!", sagte sie ärgerlich.

„Wir sind nicht da, denn mein Onkel Luigi hat uns zum Fest bei sich eingeladen! Aber wenn du magst, dann komm doch einfach mit!", entgegnete Giovanni ihr.

„Kann ich da einfach so erscheinen?", fragte Susi.

„Weihnachten ist bei uns ein Fest der Familie und der Freunde. Meine Tante Carlotta macht immer so viel, dass es für die doppelte Anzahl der eingeladenen Gäste reicht", gab er ihr erklärend zurück.

„Ok. Danke dir. Wie ist bei euch denn so der Dresscode zu euren Feiern?", wollte Susi nun wissen.

„Die Frauen mit Bluse und Rock oder Kleid. Die Männer Jeans und Hemd! Aber eigentlich ganz ungezwungen! Nicht so förmlich. Wir sind ja in Familie!", antwortete er ihr.

„Ich habe, glaube ich, weder Rock noch Kleid!", gab Anna grübelnd zurück.

„Das stimmt. Ich gebe dir was von mir. Wir haben ja zum Glück dieselbe Konfektionsgröße", entgegnete Susi.

„Dann würde ich euch beide gegen vier Uhr heute Nachmittag hier abholen!", legte er fest.

„Da haben wir noch massig Zeit!", erklärte Anna mit dem Blick auf die Zeitanzeige der Küchenuhr.

„Und du weißt sicher auch schon, wie wir die Zeit füllen können?", fragte er zurück.

„Wir füllen die Zeit, indem du mich füllst!", flüsterte sie lüstern und die Tonlage war genau in jener Art, dass er sich diesem Wunsch nicht entziehen konnte.

Sekunden später lagen sie nackt im Bett und er ließ diese Bitte gern Wirklichkeit werden.

Nur schwer konnte Anna ihn gegen 15:00 Uhr aus ihren Armen lassen, aber er musste sich ja noch umziehen gehen.

Es war ein seltsames Gefühl für ihn, von Anna getrennt zu sein.

In den letzten Tagen waren sie nie weiter als einen Meter auseinander gewesen.

Die eiskalte Winterluft umfing ihn und Giovanni eilte zu der kleinen Kammer, die er hinter der Pizzeria bewohnte.

Duschen, parfümieren und anziehen war schnell erledigt.

In seinen besten Sachen machte er sich wenig später erneut auf den Weg zur geliebten Frau.

Susi und Anna rannten halb angezogen durch die Wohnung. Es war, als würden zwei aufgescheuchte Hühner versuchen, einem Fuchs zu entkommen.

Er setzte sich auf das Sofa und beobachtete still das Geschehen rund um sich herum.

Kleidungsstücke wurden angezogen, ausgezogen, miteinander getauscht und danach abermals gewechselt.

„Das ist nur eine Feier unter Freunden!", versuchte er die beiden Frauen zu beruhigen, aber so wirklich kam er offensichtlich nicht zu ihnen durch.

Es ging schon auf fünf, als endlich zuerst Anna ihre Sachen anhatte und die Haare in Locken gedreht hatte und ein paar Minuten später endlich auch Susi sich den Mantel überwarf.

Da er das aber geahnt hatte, hatte er die Aufbruchszeit für sie eine Stunde nach vorn gelegt.

Die beiden Frauen rechts und links unterge-
hakt, machte er sich mit ihnen auf den kurzen
Weg.

Luigi und Carlotta wohnten ja nicht weit von
der Pizzeria entfernt.

Lachend und zur Einstimmung laut Weih-
nachtslieder singend, gingen sie über die festlich
geschmückten und tief verschneiten Straßen.

34. Kapitel

Weihnachten in Familie

Zu dritt betraten sie die Wohnung und ein Stimmengewirr drang aus der Stube an Annas Ohr. Da mussten sicherlich dutzende Menschen miteinander reden und singen.

Während Giovanni ihr und Susi den Mantel abnahm, trat eine schwarzhaarige Frau auf sie zu und umarmte sie einfach, als ob sie sich schon ewig kennen würden.

„Meine Tante Carlotta", sagte Giovanni.

Nur einen Wimpernschlag später hatte Carlotta sie alle in die Stube gezogen.

Der Raum war festlich geschmückt und eine gigantische Tafel erstreckte sich quer durch den Raum. Ein paar Männer standen am Baum und drei Kinder rannten um den Tisch.

Carlotta griff ordnend ein und wenig später wusste Anna, wer Luigi war und kannte auch dessen drei Freunde.

Mit herzlichen Umarmungen begrüßten sich hier alle und es war für sie und Susi etwas gewöhnungsbedürftig. Aber es schien einfach normal zu sein, dass ein etwa dreißig Jahre alter

Mann sie an seine Brust zog und kaum wieder loslassen wollte.

Einen Augenblick später hing er an Susi, die genauso verdutzt guckte.

Als Anna an den Tisch trat, wurde eine junge Frau von allen herzlich begrüßt. Sie kam Anna bekannt vor und einen Moment überlegte sie, woher sie diese Frau wohl kannte, dann fiel es ihr ein.

„Du arbeitest doch in dem kleinen Café bei mir an der Ecke?", fragte Anna.

„Ja! Ich bin Debby. Mir gehört das Café", entgegnete sie.

„Debby ist meine Nichte und vielleicht schon bald deine", erklärte Giovanni.

„War das gerade ein Heiratsantrag?", forschte Anna überrascht nach.

Giovanni lächelte und flüsterte ihr ins Ohr: „Der offizielle kommt noch!"

Carlotta klatschte in die Hände und bat alle mit einer einladenden Geste an den Tisch. Anschließend lief sie in die Küche und holte die Suppe.

Die war wirklich lecker und wurde von allen Seiten gelobt. Trotz der Suppe rissen die Gespräche nicht ab.

Offenbar redete jeder mit jedem und Anna gehörte sofort mit dazu. Über den Tisch hinweg redete Debby mit ihr und gleichzeitig erzählte die junge Frau auch mit ihrem Freund, der neben ihr Platz genommen hatte.

Es war ein unbeschreibliches Durcheinander und Anna brauchte eine Weile, um sich zu orientieren.

Nach der Suppe sammelte Debby mit ihrem Freund die leeren Teller ein und brachte diese fort.

Es dauerte ungewöhnlich lange, bis die beiden wieder am Tisch erschienen.

Kurz darauf bot sich Giovanni an, die Pasta zu holen und Anna schloss sich ihm an, um ihm dabei zu helfen.

Kaum waren sie aber in der Küche, hob Giovanni sie an den Hüften an und setzte sie auf den massiven alten Küchentisch.

Ein stürmischer und leidenschaftlicher Kuss folgte.

Als er ihr den Rock hochschieben wollte, legte sie ihre Hände auf die seinen und sagte: „Was ist, wenn jetzt jemand hier hereinkommt?"

„Solange wir beide hier drin sind, wissen die draußen Bescheid. Erst wenn einer von uns hinausgeht, dann kann ein anderer hereinkommen", antwortete er lächelnd.

Jetzt verstand Anna die Bitte mit dem Rock und vermutlich hatte Debby ein paar Minuten zuvor auf derselben Stelle gesessen.

Giovanni war schnell und sie musste kurz den Hintern anheben, damit er ihr den Slip von den Beinen streifen konnte. Zum Glück hatte Susi ihr halterlose Strümpfe gegeben, sonst wäre das etwas schwieriger geworden.

Während des nächsten Kusses öffnete sie ihm den Gürtel und die Hose. Von selbst rutschte diese über seine Hüften und fiel zu Boden.

Anna krallte sich lüstern in seinen nackten Hintern und sein vor Vorfreude pralles Glied sprang ihr entgegen.

Sie waren sich so nah, dass die Spitze seiner Eichel ihre schon feuchte Vulva berührte und dabei teilte.

Diese Situation war so bizarr und sie so gierig nach ihm, dass sie kam, als er zustieß und dabei tief in ihre Scheide glitt.

Um die anderen nicht zu sehr zu stören, biss sie ihm stöhnend in die Schulter.

Ein Quickie folgte, der aber wirklich wunderschön war.

Nach ein paar Stößen, bei denen sie sich an ihm festhalten musste, schoss er ihr erneut seinen Samen tief in den Leib. Das war so ein irres Gefühl, hier auf dem alten Tisch in der Küche genommen zu werden, dass sie dabei erneut stöhnend kam.

Nachdem sie sich wieder angezogen hatten, gingen sie mit der Pasta nach nebenan und Carlotta eilte in die Küche, um die Soße zu holen.

Auch der Hauptgang war ein Gedicht.

Carlotta war eine exzellente Köchin und Anna lobte die Pasta überschwänglich.

Alle schlossen sich ihr an und stießen auf die Gastgeberin und diese Feier an.

Nach dem Hauptgang räumte Susi den Tisch ab und einer der Männer bot sich an, ihr dabei behilflich zu sein.

Schon zuvor hatte Anna bemerkt, dass die beiden beim Essen unter dem Tisch ziemlich intensiv gefußelt hatten.

Beide verschwanden mit dem benutzten Geschirr in der Küche und als Susi einige Minuten später neuerdings in den Raum trat, konnte Anna an ihren strahlenden Augen erkennen, dass die Freundin gerade ihren Weihnachtswunsch erfüllt bekommen hatte.

Auch der Nachtisch, den Debby mit ihrem Freund holte, war einfach nur eine Wucht.

Die Feier zog sich bis in den späten Abend hinein und es war nicht wirklich verwunderlich, dass gelegentlich Giovanni mit ihr, Carlotta mit Luigi, Debby mit ihrem Freund und Susi mit ihrem feschen Italiener in der Küche verschwanden, um irgendetwas zu holen oder fortzubringen.

Spät in der Nacht waren sie dann in ihrer Wohnung zurück, wo Giovanni und sie die Feier einfach fortsetzten.

Der erste Feiertag begann mit kuscheln im Bett und es war spät, als sie den Raum dann endlich verließen.

„Heute koche ich! Und dann rufe ich Mama an. Der erste Feiertag gehört immer meiner Mutter!", erklärte er.

„Ok! Sagst du ihr was von mir?", fragte Anna.

„Wir werden sie einfach zusammen anrufen!", schlug er vor und ging in Boxershorts und T-Shirt in die Küche.

„Und morgen fahren wir zu meinen Eltern!", sagte Anna und er nickte ihr zu.

Anna blickte durch die Tür zu ihm hinein.

Am Abend zuvor hatte Giovanni eine Tüte von Carlotta erhalten und gerade packte er all die Dinge aus, die nun ein leckeres Mahl werden sollten.

„Ich glaube, in dieser Küche wurde noch nie gekocht!", offenbarte Anna, trat zu Giovanni und blickte in den Topf. Es roch gut und dieser Duft lockte Susi aus ihrem Bett.

Eine Stunde später schlemmten sie in der Küche.

Giovanni konnte fast so gut kochen, wie Carlotta und Susi lobte ihn überschwänglich dafür.

„Gelernt ist gelernt!", entgegnete er.

Während des köstlichen Mahls besprachen sie den folgenden Anruf und er erzählte von seiner Mutter, die ein Restaurant in Neapel führte.

„Vielleicht können wir sie im nächsten Jahr mal besuchen. Sie würde sicherlich gern unser Kind kennen lernen", bemerkte Giovanni.

Anna stimmte ihm gern zu. Eine Reise nach Italien war sicher schön!

„Wir könnten eine Rundreise machen. Ich zeige dir Venedig. Da habe ich als Kind viele Jahre gelebt. Ich kenne alle Kanäle, die Gondeln und die Paläste. Danach vielleicht Rom und anschließend nach Neapel?", fragte er.

„Das wäre toll!", gab Anna ihm zurück.

„Aber du hast mir auch versprochen, mir den Ausblick von diesem Berg zu zeigen. Erinnerst du dich? Könnten wir da im Frühjahr nicht nochmals in diesem Hotel Urlaub machen?", fragte sie nach einer Weile.

„Du willst schwanger auf den Gipfel steigen?", antwortete Giovanni mit einer Gegenfrage.

„Ich kenne da eine kleine Hütte, falls mir das zu schwierig wird!", entgegnete sie verschmitzt.

„Natürlich gern!", erklärte Giovanni und gab ihr einen Kuss.

Satt, zufrieden und glücklich lehnte sich Anna im Stuhl zurück.

Das Studium würde einen kleinen Platz nach hinten rücken. Kind und Familie rutschten gerade nach vorn.

Alles war gut, so wie es hoffentlich werden würde.

Keine zwei Monate zuvor war davon noch nichts zu sehen gewesen.

Anna liebte es einfach und Giovanni gab ihr einen neuen Kuss.

Danach zog er eine kleine Schachtel aus der Hosentasche und sagte: „Bevor wir meine Mutter anrufen. Möchtest du meine Frau werden?"

Er klappte die Schachtel auf und darin lag ein wundervoller Ring.

„Ja! Natürlich!", brach es aus Anna heraus und sie fiel ihm glücklich um den Hals.

ENDE

Von Uwe Goeritz im Verlag BoD (Books on Demand, Norderstedt) ebenfalls erschienene Bücher:

„Cecilia im Bann der Liebe"
ISBN lautet: 978-3-7392-4583-6
112 Seiten für 6,49 Euro

„Für Immer an deiner Seite"
Die ISBN lautet: 978-3-7412-8407-6
112 Seiten für 6,49 Euro

„Die Liebe ist (k)ein Ponyhof"
Die ISBN lautet: 978-3-7412-7920-1
116 Seiten für 6,49 Euro

„Griechische Küsse"
Die ISBN lautet: 978-3-7448-7274-4
116 Seiten für 6,49 Euro

„Liebe hinter Klostermauern"
Die ISBN lautet: 978-3-7448-8973-5
120 Seiten für 6,49 Euro

„Ein Pflaster für die Seele"
Die ISBN lautet: 978-3-7460-7947-9
112 Seiten für 6,49 Euro

„Das Tor zum Paradies"
Die ISBN lautet: 978-3-7528-5837-2
124 Seiten für 6,49 Euro

„Ein Kater rettet das Weihnachtsfest"
Die ISBN lautet: 978-3-7481-2863-2
236 Seiten für 8,49 Euro

„Aurelia - Geliebter Engel"
Die ISBN lautet: 978-3-7494-5128-9
244 Seiten für 8,49 Euro

„Sieben Nächte im Paradies"
Die ISBN lautet: 978-3-7347-6647-3
244 Seiten für 8,49 Euro

„Drei verrückte Weihnachtswünsche"
Die ISBN lautet: 978-3-7494-8575-8
172 Seiten für 6,49 Euro

„Ein besonderes Praktikum"
Die ISBN lautet: 978-3-7528-4866-3
248 Seiten für 8,49 Euro

„Aurelia – In himmlischer Mission"
Die ISBN lautet: 978-3-7519-1416-1
244 Seiten für 8,49 Euro

„Groupies tragen keine Ringelsöckchen"
Die ISBN lautet: 978-3-7519-8353-2
136 Seiten für 6,49 Euro

„Heiße Küsse im Advent"
Die ISBN lautet: 978-3-7526-1175-5
264 Seiten für 8,49 Euro

„Aurelia - Liebe in teuflischen Tiefen"
Die ISBN lautet: 978-3-7526-4538-5
260 Seiten für 8,49 Euro

„Auf der Suche nach Mister Romeo"
Die ISBN lautet: 978-3-7534-9226-1
160 Seiten für 6,49 Euro

Aktuelle Informationen und Neuerscheinungen finden
sie immer im Internet unter:

www.Goeritz-Netz.de